魔幻偵探所

34

極地之吼

關景峰 著

新雅文化事業有限公司
www.sunya.com.hk

魔幻偵探所
人物介紹

南森

身分：魔幻偵探所創辦人、領頭羊

年齡：120歲

畢業學校：斯塔福德學院（伏魔系）

學位：博士

捉妖經驗：108年，獲得「捉妖能手」、「怪獸剋星」等稱號

性格：遇事鎮定、善於思考，生氣時聽到幾句好話氣就消了

最具殺傷力的武器：
顯形粉、細妖繩、無影鋼鐵牆

海倫

身分：魔幻偵探所成員，南森的得力助手

年齡：13歲

畢業學校：劍橋大學（法術系）

學位：學士

捉妖經驗：1年

性格：開朗、逢事觀察細緻，吵架時總讓着本傑明

最具殺傷力的武器：細妖繩、凝固氣流彈

本傑明

身分：魔幻偵探所實習生

年齡：11 歲

就讀學校：牛津大學（捉妖系）

捉妖經驗： 3 個月

性格：聰明淘氣、遇事毛躁

最厲害的戰術：非常規戰術

派恩

身分：魔幻偵探所實習生

年齡：10歲

就讀學校：倫敦大學魔法學院
　　　　　（反幽靈技術系）

捉妖經驗：1個月

性格：聰明活潑，非常好勝，有時候喜歡誇誇其談

保羅

身分：魔幻偵探所機械狗

年齡：100 歲

工作能力：無所不知的電腦資料庫，善於用百分比分析事物

性格：異想天開、調皮、懶惰

最喜歡的食物：潤滑油

最具殺傷力的武器：追妖導彈

細妖繩

能夠對準魔怪迅速旋轉收縮，將它細緊綁實，繩子一旦落到魔怪身上，就像嵌入肉裏，魔怪越掙脫綁得越緊，當然放繩子時可要放得準才行。

無影鋼鐵牆

這堵牆其實就是氣流，它把氣流變成了無影無形的鋼鐵牆壁，能將敵人困在其中，衝不出去。

顯形粉

這是一種非常神奇的粉末，即使魔怪偽裝、隱形了也完全能顯現出它的原形。對了，「顯形」就是「現出原形」的意思！

裝魔瓶

能把魔怪收進裏面，使其在三天內化成清水的神奇瓶子。即使魔怪身形再龐大，也能收進瓶內。

幽靈雷達

能夠準確測定氣流存在的方位，並及時發出警報的裝置。它能跟蹤、測定魔怪在哪裏。不過，如果魔怪的魔力非常強，幽靈雷達有時候也可能測不到，它的更強大的功能還有待你去改進！

追妖導彈

能夠自動尋找魔怪，進行智能追蹤的導彈，這種導彈威力比較大，一般魔怪根本抵抗不了。

魔幻偵探開始行動！

目錄

第一章　哈利科學考察站案件

「……**快**開門，快開門……」本傑明和派恩站在海倫身後，一起催促道，南森博士也站在他們身後。他們一起去街的另一邊的快餐店吃了午餐，天氣太熱，博士和海倫都懶得做飯，不過他們沒開車去吃飯，這一路走回來，被火辣辣的太陽曬得發暈。

海倫開門速度算是很快了，還是被本傑明和派恩抱怨了兩句，開門後，海倫還沒有進去，本傑明和派恩便一起衝進了房間。

「保羅，開冷氣。」本傑明一進去，就對趴在沙發邊上無所事事的保羅喊道。

保羅看了一眼冷氣機，眼裏發出遙控啟動的射線，冷氣開啟了，冷風頓時吹了出來。保羅可不用吃飯，所以剛才沒有跟着去。

「好涼快，好涼快——」本傑明和派恩站在冷氣機前，像是投降一般地舉起了手，冷風口的冷氣吹在他們身

上，兩個人感到舒服極了。

「小孩子，這麼吹會感冒的。」南森走過去，推開了本傑明和派恩，隨即自己站在冷風口前，瞇起眼享受起冷風來，「也不說給我讓點地方……」

「大人也會吹到感冒的。」派恩說着和本傑明一起擠了上來，一左一右站在南森身邊，三人一起享受着冷氣的冷風。

「熱呀，真熱呀！」海倫也靠近冷氣，「今年夏天怎麼這麼熱呀？去年好像還好。」

「還好啦。」保羅趴在沙發邊，漫不經心地說，「誰叫你們大中午跑出去的？」

「你的身體裏有溫度調控系統，當然怎麼都沒事。」本傑明看看保羅，「博士，給我也裝一套溫度調控系統。」

「把這台冷氣拆下來安裝到本傑明的後背上。」派恩搶着說，他嘻笑着看着本傑明，「這樣走到哪裏都不怕熱，旁邊人要使用，你還可以收費。」

「啪——」本傑明隔着南森的身體，伸手就打在派恩的頸上。

「博士，他又打我！」派恩叫了起來，「他總是欺負

我——」

「這就是我對你的回答。」本傑明滿不在乎地說，「所有爭端都是你發動的，我一直懷疑你長大後會不會嘗試挑起新的世界大戰。」

「好了，好好吹冷氣，怎麼都搞出世界大戰了。」南森抱怨起來，他放下手臂，隨後走到沙發那裏，「好了，涼快多了，兩位請繼續。」

「我也涼快多了。」派恩說着對本傑明吐吐舌頭，「我不理你，開個玩笑就生氣。」

說着，派恩也走向沙發。本傑明沒理他，繼續吹着冷氣，不過此時他已經不高舉着手了，剛才他可是熱壞了。

「鈴鈴鈴——鈴鈴鈴——」電話響了起來，非常的突然和急促。

海倫走向電話，南森這時站了起來。

「我來吧。」南森說着走向電話機，「這段時間一直比較空閒，按照以往的規律，我們是不會空閒這麼久的，我想又有什麼事情發生了吧？」

南森走過去，拿起似乎就要跳起來的電話。

「……對，我是南森……噢，你是麥克警官，你

10

好……」南森説道，説着他看了看小助手們，似乎是在得意自己的判斷，小助手們聽到他的話，全都緊張起來，派恩從沙發站起來，本傑明也轉過身去，保羅一路走到南森腳邊，伸着脖子，想直接聽到南森的通話。

「……好的，你説，你説……」南森繼續和電話那邊的人説話，現場平靜下來，只有那邊的人通過電話向南森描述着什麼。

南森的表情，從一開始的驚奇，

變得越來越沉重，他很少搭話，只是略微問了幾個問題，最後，他掛上了電話，手沒有離開電話手柄，而是按在那裏，眼睛看着前方，像是陷入深思熟慮之中。幾個小助手都沒有立即發問，當然，他們明顯感覺出來，又有大案子發生了，南森的表現已經説明了一切。

「好了，本傑明，派恩，我們就快能清涼下來了，或者説我們就要去感受天寒地凍了。」南森轉身看看兩個小助手，「最極端的寒冷……」

「博士……」本傑明不解地看着他。

「你們知道英國在南極有個哈利科學考察站吧？」南森嚴肅地説，「考察站出事了，一名科學家遇害，考察站方面反覆推斷，認為是魔怪作案。」

南森的話就像是在平靜的湖面上突然扔進一塊巨大的石頭，房間裏的小助手們面面相覷，海倫飛快地走到地圖旁，手指着南極洲的位置。

「博士，你是説……南極洲……」

「沒錯，這次我們出差要去南極洲，説實在的，我從來沒有想過南極洲有案子要我們去處理。」南森點着頭説，「現在是八月，南極的寒季，大家要帶冬天的衣服，

12

最厚最保暖的那種，這點我想不用多說了。」

「一定會帶上厚衣服的。現在還有個疑問……那些考察隊員認為同伴被魔怪殺害了？」派恩急着想知道原由。

「一個考察隊員，或者說是一位考察站的科學家倒在考察站外近百米的地方，腰身處有一個巨大的開放式傷口，當地的動物，海獅、海豹、企鵝等不可能對陸地上的人類有如此舉動，更不可能是人類所為，當時除了遇害者，所有的考察隊員都在室內，最近的德國站在近千公里外，而且有目擊者在考察站裏看到過一個巨大的黑影從窗前走過，但是沒有在意。」南森一口氣說道，「考察站裏有醫生，其他人也都是科學家，他們一致認定是魔怪作案，當然，這要我們去現場勘驗後才能下結論。」

「那我們怎麼去南極？」保羅問道，「有一次我們去在大海裏的郵輪，是乘『鷂』式垂直起降戰鬥機去的，我真想坐戰鬥機去。」

「老伙計，你可是一部百科全書，現在的戰鬥機飛不了那麼遠。」南森說着走到地圖邊。

「所以我說想坐戰鬥機去。」保羅連忙說。

「六小時後，我們搭乘去南非開普敦的航班，在開普

敦降落後，我們不出機場，警方聯繫了南非方面，他們會安排一架商務飛機，直接把我們送到哈利站，那裏有一條小型飛機跑道，其實南極的平坦地帶都方便起降小飛機。剛才的電話是蘇格蘭場*的麥克警長打來的，考察站同時向英國警方和魔法師聯合會求援，他們一致想到由我們去完成這個任務。」

「我去收拾行李。」本傑明一直認真地聽着南森的話，他感到事情似乎很複雜，在那遙遠的極地居然也有魔怪案件發生，這是他沒想到的，也更令他充滿戰鬥意志，他一定要去把事情弄個明白。

「也不用太匆忙，離飛機起飛時間還早。」南森説着看了看保羅，「老伙計，訂機票吧。」

「正在確認。」保羅早就開啟了身體裏的電腦系統，飛速地查到了航班並訂了機票。

「南極洲。」南森看着地圖，喃喃地説。

幾小時後，魔幻偵探所的全體成員搭乘上了一架飛往開普敦的航班，除了保暖的厚厚羽絨衣，南森手上多了一

---

* 蘇格蘭場：倫敦警察廳的別稱。

本介紹南極的書，這本書一直擺在他的書架上，以前只是簡單翻了翻，現在他在飛行途中要惡補有關南極的知識，南森去過的地方數不勝數，但是南極也是第一次去，十多個小時的飛行，南森除了小睡了一會，一直在看那本書。

他們到達開普敦的時候，正是當地的早上，一名當地警官和一名機場工作人員已經等在機場，他們一下飛機，就被帶到一條跑道旁，一架十人座的商務飛機停在跑道上，駕駛員站在飛機旁，他個子不高，還留着這個時代很少有人留的兩撇小鬍子，似乎有些滑稽。看到南森等人，他連忙迎上來幾步。

「南森博士好，我叫林奇，久仰大名。」叫林奇的駕駛員畢恭畢敬的，「我看過你的紀錄片，太厲害了，我也曾想當偵探呢，能為您開飛機真是我的榮幸，真是沒想到呀，我一個開拖拉機的還能為大偵探大魔法師駕駛……」

「什麼？」南森一愣，小助手們也都吃驚。

「以前，以前我在父母的農場開拖拉機，聯合收割機，播種灌溉什麼的。」林奇連忙解釋，「可我嚮往藍天，我考了一百多次飛行駕照，終於考上了。」

「聽上去很勵志呀！」南森連忙説。

　　海倫偷偷看看本傑明，兩人都吐吐舌頭，不知道這位前拖拉機駕駛員駕駛飛機的技術到底怎麼樣。

　　「請上飛機吧，您不會有乘坐拖拉機的感覺的。」林奇恭敬地說。

　　「謝謝。」南森連忙說，「能搭乘你的飛機是我們的榮幸。」

　　從下飛機到搭上這架小飛機，不過半小時時間，不過心繫着案情的南森他們絲毫沒有被旅途的疲憊所擾，他們都恨不得馬上就到南極。

第二章　顛簸的飛行

小飛機起飛後，小助手們都很是興奮，下面是茫茫的大海，確切地說是南大西洋。派恩一直看着舷窗下面。

「什麼時候才能看見冰山呀，我還沒見過冰山呢！」

「要飛七個小時呢。」保羅被海倫抱起來，也看着舷窗下，「而且可能看不清呢，因為現在是南極的極夜時間段，天黑的很早，六月份的時候幾乎全天都是黑天呢。」

「還要飛那麼長時間？」派恩的語氣很是焦急，「哎⋯⋯」

「你是急着和企鵝合影？哈哈，企鵝也等着你呢，你們的身材很像。」本傑明在一邊嘲弄地說。

「才不是，我是去破案的。」派恩連忙辯解，不過隨即笑笑，「當然，破案之餘，如果有那麼幾隻企鵝湊巧走過來⋯⋯」

「企鵝就給你拍照。」本傑明立即接過話。

「對，啊，不對，是我給企鵝拍照。」派恩立即糾正道。

17

「你來這裏就是看企鵝的,你能破什麼案?」本傑明聲音大了一些,「一個考察隊員已經遇害了,你卻總想着企鵝。」

「誰說的?我也很着急的,我急着去就是抓魔怪的……」

「好了,你們兩個都小點聲。」海倫連忙指了指前排靜靜地看書的南森,「從北半球吵到南半球,有完沒完呀?」

聽到這話,本傑明和派恩又看看南森,都不説話了。

「噢,確實,從北吵到南。」保羅看看海倫,「我説海倫,你也休息一會吧,剛才在航班上你睡得不好,等到了南極圈,我叫醒你。」

「南極圈?」海倫眼睛一亮,「那還要飛多久?」

「六個小時吧。」保羅估算了一下。

「我可睡不了那麼久。」海倫説着看了看舷窗下,不過説着眼皮就合在一起,她很疲憊。

舷窗下,湛藍的大海一片平坦,海面上的藍色中泛起點點白光,這裏是風平浪靜,但是幾千里之外的南極哈利科學考察站呢?那裏的科學家一定都期盼着南森他們快些到來。

忽然，小飛機開始抖動起來，大家連忙都扶好座椅的扶手。

「這麼顛，這就是在乘坐拖拉機呀——」本來都要睡着的海倫叫起來。

「氣流——我們遇到了氣流——我們的飛機太小了——」機艙內的廣播器傳出林奇的解釋聲，「請大家坐穩，我們馬上就飛離氣流區——」

大家當然會努力坐穩，好在他們都緊緊地繫着安全帶，只是身體搖晃得不太舒服。果然，又顛簸了半分鐘，飛機終於平穩了。不過平穩了只有一分鐘，飛機又顛簸起來。

「中獎了——我們又進入一個氣流中——」林奇的聲音再次傳來。

「拜託，會不會開飛機呀？」本傑明抱怨起來，「駕駛技術差就說遇到氣流。」

還好，這次顛簸的時間比較短，飛機終於平穩地飛行了。

剛才乘坐航班的時間很長，海倫休息得不好，這架飛機起飛後，飛了不到一小時，海倫昏昏地睡了過去，身旁的本傑明和派恩也都睡着了，南森看了一會書，也開始閉

目養神。突然，飛機又開始劇烈顛簸，海倫他們都被顛醒了，林奇的聲音也再次傳來，說是又遇到了氣流。

「我們這是在乘坐拖拉機。」本傑明身體跟着飛機抖動，「現在的飛機都有氣象雷達的，他就不能避開氣流嗎？」

飛機顛了一會，總算平穩了。大家被這樣折騰，更累了，沒一會全都睡着了。也不知道飛了幾個小時，海倫忽然覺得有一個巨大的影子撲向自己，她一緊張，醒了。

海倫迷迷糊糊地睜開眼，看着眼前的保羅，保羅站在對面的座位上，也看着海倫，機艙裏的燈光昏暗，儘管舷窗的小窗板都是拉開的，但是外面更加昏暗。

「歡迎來到南極。」保羅對海倫做了一個鼓掌的動作，「大概半個多小時前，我們已經飛進了南極圈，所以準確地說，我們就在南極洲的上空了。」

「到了嗎？」海倫立即向外看去，「看不到冰山呀，好暗呀！」

「極夜現象，你什麼都看不到的。」保羅晃晃腦袋，「用不了多久我們就要降落了。」

「南森博士──南森博士──」機艙頂上的廣播器裏傳來駕駛艙裏林奇的聲音，「再過二十分鐘我們就到達哈

利站了，現在飛機開始下降了——」

　　林奇這一廣播，大家全都醒了。派恩和本傑明都向舷窗外看着，南森這一覺休息得還不錯，下飛機後他就能投入工作了。

　　飛機在昏暗的天地中開始下降，外面的能見度很低，全靠導航儀自動駕駛，不一會，地面上出現了兩排長長的引領降落的跑道導航燈，飛機對準跑道降落了下去。

　　林奇在廣播裏反覆提醒南森他們穿好羽絨外套才能出去，本傑明向外看去，外面很是昏暗，但是導航燈能映射出遠處的景物，模模糊糊的，好像是個建築物。

　　「穿好衣服了吧？」林奇從駕駛艙裏走出來，他穿得厚厚的，「我要去開門了，大家可能會受不了，沒關係，我們儘快去室內。」

　　「終於要下拖拉機了。」本傑明小聲地對海倫說。

　　海倫笑了笑，他們已經把厚厚的羽絨外套穿上，還戴上帽子。林奇走到客艙門，按下按鈕，客艙門打開了，「呼——」的一聲，一股強烈的冷風猛撲進來，剛才還溫暖如春的客艙溫度急劇下降。這股冷風吹在臉上，有種刺痛感，本傑明和派恩連忙縮了縮脖子。

林奇放下舷梯，大家走了下去。

「哈——哈——」派恩不顧寒冷，很是興奮地叫起來，「我現在站在南極，我來了，南極——」

外面的風很大，也非常冷，南森看到了不遠處有一排建築，因為建築物四面都安裝有燈，在一片昏暗中顯得很是明顯，那裏應

該就是哈利站了。

　　這時，有三個人急匆匆地走向飛機，林奇告訴南森，哈利站的阿爾伯特站長等人要來迎接南森，走過來的一定是他們。

　　「南森博士——南森博士——」為首的人快步走了過來，雖然以前沒見過，但是他直奔南森，伸出了手，「在電視上看到過你，我是阿爾伯特，是哈利站的站長，這位是克雷爾醫生，這位是文森，他是考察站的氣象分析師……」

　　阿爾伯特站長大概五十多歲，克雷爾醫生和文森都是

三十多歲，他們一一和南森握手，他們的表情沉重，看得出來，他們完全沒有從同事遇害的難過中緩和過來。

站長帶着南森他們向考察站走去，林奇也跟着一起去，他要在這裏休息一晚，然後再飛回開普敦。大家一起向考察站走去，走到距離考察站不到一百米的地方，他們終於比較清楚地看到了考察站的外貌，哈利考察站的外形就像是一個個連接起來的在行走中的怪獸，和所有的南極考察站一樣，為防止被冰雪掩埋，哈利站也採用了高腳支架支撐房屋，而這高腳真的就像是怪獸的四肢。

他們進了考察站，裏面的溫度一下到了舒適的溫度，開門的一個考察隊員只穿了一件單衣。南森他們立即脫掉厚厚的羽絨外套，考察站內空間寬闊，有着一個個的房間。

「先去你們住的房間放下衣服和行李，你們要休息一會，晚餐時間會叫你們。」阿爾伯特站長邊走邊説，把南森他們引到一排房間旁，「博士和保羅在這間……海倫小姐在這間……本傑明和派恩一起住這間，抱歉房間都不大，畢竟我們這裏的條件和倫敦沒法比……」

本傑明要和派恩住一間，他和派恩互相看看，一個做鬼臉，一個吐舌頭。

24

「站長先生，我們放下行李，只需要休息五分鐘。」南森看看手錶，此時不到下午四點，「我們在飛機上休息過了，想馬上開始工作。」

「這個……」站長想了想，「我知道這是你的做事風格，好吧，如果覺得身體可以，那麼幾分鐘後就開始工作，但是不知道你們從何處着手……」

「先檢查屍體，警方説屍體被你們保存着。」南森説，「檢查屍體的同時我要了解詳細的遇害者被發現的過程，遇害者叫……」

「麥倫，可憐的人。」阿爾伯特低下頭，「他是站裏的海洋冰川學家。」

「好，記住了。」南森點點頭，隨後看看幾個小助手，「快，五分鐘後，大家在這裏集合，我們開始工作。」

大家連忙進了自己的房間，放下行李和衣服。他們住的房間確實不大，都是長方形的，布置得倒是很整潔。五分鐘後，他們全都再次集合，克雷爾醫生和文森先生一直等在那裏，他們帶着大家，穿過長長的走廊，到考察站盡頭的一個房間，那裏存放着遇害者麥倫的屍體。

克雷爾打開門，一股冷氣撲面而來，他們走了進去。

「我先把溫度調高一些。」克雷爾在門的旁邊按了幾個按鈕，隨後打開了一個冰櫃，把冷凍住的麥倫拉了出來。

南森和海倫已經戴上了手套，保羅也跟着走了過去。死去的麥倫表情還算是平靜，他的腹部有一個很大的傷口，衣服已經被血水染紅，克雷爾和文森陰沉着臉站在一旁，本傑明和派恩也是如此。

南森小心地掀開破爛的衣服，死者的傷口在身體右側面的腰部，致命傷，傷口又寬又大，像是有某種利器把整個腹部完全劃開了，傷口的開口足有20厘米，如果是在陸地上，大型猛獸的確能給受害者帶來這樣大的傷口，可這裏是南極，沒有大型猛獸，體型大一些的海豹、海獅也都在海岸邊，距離哈利站達一公里以上的距離，何況這些動物在陸地上行動緩慢，就算是深入內陸想攻擊受害者，受害者也可以輕易逃走。

南森拿出了放大鏡，仔細查看起了傷口，傷口沒有器械攻擊的痕跡，的確像是被動物利爪劃破的樣子，忽然，他發現上下傷口的邊緣，都有一些黑焦狀物體，一開始他還以為是凍住、變暗的血水，但仔細觀察並不是。

「老伙計，探測一下傷口，看看有沒有魔怪反應。」

26

南森看看保羅。

　　海倫把保羅抱起來，放到麥倫的屍體旁，保羅的雙眼射出一道紅光，照射向麥倫的傷口，隨即，紅光變成綠光，又變成白光。

　　「博士，沒有明顯的魔怪反應，也許是魔怪的攻擊就只是一下，很快散盡了。」保羅説，「從傷口觀察，的確具備魔怪攻擊的可能，無論是類人形魔怪，還是動物形魔怪，或者巫師，都能造成這樣的傷口，這種傷口很深，傷及臟器，一擊致命，就算是當場施救也救不過來。」

　　「整個南極地區的考察站，還有類似事件的報告嗎？」南森看看克雷爾。

　　「沒有，我們都一一詢問過了，尤其是最近的德國站。」克雷爾説。

　　「也不像是人類持器械攻擊。」南森微微地點着頭。

　　「是呀，這裏是南極，不是誰想來就來的，麥倫遇害時我們都在考察站裏，大門口有攝像監控的，事後站長看了監控錄影，當時大家的確都在考察站裏。」文森補充説，「其他站的人要來我們這裏，只能搭乘輪船、直升機或雪地汽車，走是絕對走不到這裏的，如果是乘坐機械交

通工具來，我們的雷達會立即發現，可我們的雷達案發當晚什麼都沒發現，這不可能是人類所為。」

南森點點頭，他用一個鑷子開始從死者的傷口那裏提取那黑色的焦狀物，保羅已經被海倫抱到了地上。南森叫保羅升起托盤，把焦狀物放到了托盤上，他要化驗一下焦狀物是何物。

保羅收起了托盤，隨後開始了檢驗，不到一分鐘，檢驗結果就出來了，保羅的後背上吐出一張打印紙，上面是檢測報告。

「皮膚組織燃燒留下的物質。」保羅沒等南森撕下資料紙就說，「簡單說就是燒傷。」

「皮膚組織燃燒？」南森一愣，隨即撕下資料紙，仔細地看起來。

在場的人聽到保羅的話，和南森一樣，都愣住了。受害者傷口部位居然有燒傷痕跡，而且是在這冰天雪地的南極，確實令人匪夷所思。

「切開死者傷口的利器——暫時只能這樣說……」南森說着環視着大家，「利器表面溫度起碼在攝氏三百度以上，這樣切開傷口時，傷口上下的皮膚組織都被燒焦了。」

「這算什麼？火攻戰術？」本傑明問。

「或許是。」南森沉穩地說，「從這種傷口看，我的傾向是這的確是一次魔怪攻擊，並且是燒焦皮膚的攻擊。現在看傷口表面無機械致傷痕跡，那麼是何種和高溫有關的東西造成這樣的傷口呢？這是一個問題。」

「有種火龍怪會噴火。」保羅說，「不過傷口顯然不是噴火所致，如果是利爪劃開的，利爪一定有高溫，噢，真是可怕。」

「文森先生，你說事發時你曾經看到過一個黑影從考察

站附近走過？」南森忽然看看文森，「能詳細講一下嗎？」

「這件事我現在還內疚，當時我要是去看一下，麥倫也許不會死。」文森很是遺憾地說，他的眼神充滿悔意，「麥倫是冰川學家，他那天晚上六點外出，是去記錄室外設備的資料的，當時天全都黑了。而我那天是考察站的值班員，值班員是大家輪流當的，就是在考察站觀察台那裏觀看雷達，負責對外聯絡等，觀察台在考察站的頂部位置，能看見四周的情況。那天麥倫外出，我從監控中看到他出去的，一般半小時內他就會回來，但是半小時過了，他沒有回來，我想可能有事耽擱了，這也是常有的事，忽然，我感到有個影子在外面晃了一下，大概距離有幾十米吧，我根本沒在意，我想可能是外面哪個燈泡壞了，晃了一下……麥倫一小時還沒回來，我就呼叫他的對講機，沒有回答，我這才着急，呼喚大家外出尋找，結果……」

「你也別太難過……」南森安慰了文森一句，隨後看看克雷爾，「把死者收起來吧，下一步我要去室外看看死者遇害的現場。」

克雷爾點點頭，把麥倫的屍體放回到冰櫃裏。他們各自回到房間，穿好了厚厚的羽絨衣，一起出了考察站。

第三章　考察站外

考察站外完全黑了，不過風比剛才小了很多。

「這裏的溫度……似乎還可以承受……」南森邊走邊說。

「這裏距離南極點還很遠，又在海邊，這個季節的溫度基本在零下二十度左右，人體尚能承受，今天還好，麥倫遇害的那天倒是特別冷，有零下三十度吧。」克雷爾說，「越是深入南極內陸會越冷，特別是極點區域，那才真正是極寒地區。」

南森走了幾步，回頭看了看考察站，考察站呈現南北走向，和海岸線平行。他們出了考察站後一直向東走了近百米，被帶到麥倫遇害的地方。克雷爾帶着強光手電筒，他用手電筒照亮了那裏。

麥倫遇害處，地面上用紅色油漆勾畫着他倒地的身形，紅線上已經覆蓋了一層薄薄的冰霜，但還是能看得很清楚，紅線四周有四根木杆豎立，木杆間拉着一條帶子，

算是警戒線，將案發現場保護了起來。距離案發地十米的東邊，有一個豎立起來的設備，像是一個箱子，上面有「英國哈利南極考察站」的字樣。

「這是設備箱，麥倫就是到這裏記錄資料的。」文森指着那個設備箱說，「他是記錄好資料後回去的時候遇害的，原始現場和現在不一樣，地上還有麥倫的記錄本和強光手電筒，我們已經收起來了。」

南森點點頭，隨後，他一伸手，打亮了一個亮光球，亮光球升高到距離地面不到三米處，將整個案發地照耀得亮如白畫。

南森跨進了警戒線裏，保羅也跟了進去，南森蹲下身子，仔細看着受害者倒地的身體勾線，受害者是側臥着死去的，南森站起身，看看保羅，保羅開始掃描受害者倒地處，半分鐘後，保羅告訴南森，他並沒有什麼特別的發現。

「攻擊者如果不是持械攻擊，就應該站在麥倫的身邊。」南森說着指了指麥倫的身邊區域，「以死者倒地處為中心，五十米內都要搜索一遍。也許能找到攻擊者的遺留痕跡。」

　　小助手們答應一聲，一起開始了工作，沒過一分鐘，海倫忽然叫了起來。南森連忙走過去，海倫此時趴在地上，看着什麼，她的位置距離在受害者倒地處有五米遠。

　　「博士，你看看，你好像是個腳印吧？」海倫説，「但是絕對不是人類的，像是……」

　　南森趴在地上，他也看到了那個腳印，腳印比人類的腳掌要大一些，腳印上已經覆蓋了一層冰霜，如果不注意根本看不清，這個腳印很長，和人類腳印有些類似，但確實不是人類的。這時，本傑明和派恩也圍了上來。

　　南森用手抹去那些冰霜，腳印明顯一些了，他們可以比較清楚地看到，腳印是凹陷進地面的，此時這個地區的地面，其實都是覆蓋有一層薄冰的，那腳印就像是嵌進到冰層裏一樣。

　　「這裏還有一個。」本傑明在距離那個腳印旁半米處，又發現了一個腳印，這個腳印痕跡略微淺一些。

　　「這個是右腳的……」南森指着先發現的腳印，然後看看剛發現的腳印，「那麼這個就是左腳的。」

　　「這不是人的腳印，難道是個動物的？直立的動物？」本傑明説，他在周圍看了看，沒有再發現腳印，

「如果是狼、虎、豹這種動物，應該是四腳落地，但是明顯不像，而且除了這兩個腳印，沒有其他腳印了……」

保羅此時已經開始對着腳印進行掃描了。牠先照射了先發現的腳印，隨後照射了後發現的那個腳印。

「是熊的腳印。」保羅忽然抬起頭，看着南森，「沒有魔怪反應，也許時間較長，已經消散了。」

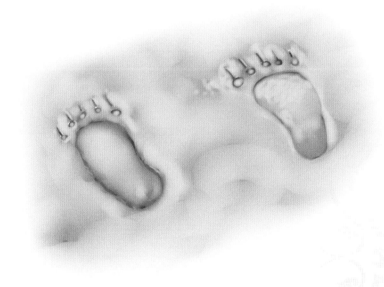

為什麼南極會有熊出沒？

35

「南極……熊？」派恩謹小慎微地發出疑問。

「也許是流竄到這裏的熊怪。」南森推斷道。

「還有，形成這個腳印的原因。」保羅的話還沒有說完呢，「從腳掌的大小能推斷出這隻熊的大小，站立起來兩米高左右，這樣的熊雖然重，但是也無法在覆蓋着冰層的地面上踩出一個深大概兩厘米的腳印來，從腳印痕跡的四周看，應該是融化冰層後形成的，簡單地理解，就是當時熊的腳掌非常火熱。」

「怪不得四邊怎麼再也找不到腳掌印了。」本傑明叫了起來，發現兩個腳印後，他就嘗試在四邊尋找更多的腳印，但是沒有找到，「要是能找到，我們就能一直跟着腳印找到那隻熊了……原來留下兩個腳掌印時牠的腳着火了。」

「高溫，不是着火了。」保羅連忙說，「要是着火就不是這樣的痕跡了。」

「受害者的傷口也有燒焦痕跡，而且那傷口倒是符合被熊爪攻擊的特徵。」南森其實一直想着這個問題，「攻擊者，就是那隻熊，莫非是一隻高溫的火熊？」

「冰天雪地裏的一隻高溫火熊，這下可有意思了。」

派恩仔細地想着攻擊者的狀態，但是想不通，「噢，這個腳掌印距離死者五米遠，要是在這裏攻擊死者，牠的手臂應該有五米長呢。」

「也許唸了魔法口訣，加長的手臂。」南森點點頭，又看看遇害者的位置，「我……好像有點印象，我看過一個通報，一年多前新西蘭發現過一隻熊怪，最擅長的攻擊手段就是火攻，身體溫度極高，關鍵是這隻熊怪被魔法師擊傷後掉進海裏，下落不明。」

「從新西蘭到這裏，雖然都在南半球，那也夠遠的。」海倫想了想，「……如果是新西蘭的那隻熊怪的話。」

「現在將搜索的範圍增加到二百米，找這樣的腳印。」南森指着地上的熊腳掌印，指揮着小助手們，「老伙計，看見東邊那邊那塊大石頭了嗎？」

「看到了。」保羅順着南森指的方位看了看。

「你到石頭上去，向四面發射探測信號，尋找魔怪反應。」

保羅答應一聲，向大石頭跑去，那塊大石頭橫在那裏，長度十米多，高度三米多，已經是此地最高的地勢了，大石頭有斜坡，能爬上去，從上面向四面空曠的地域

發射探測信號，探測範圍能達到最大值。

南森又拉過來文森，手指着考察站方向。

「文森先生，你值班的觀察室在哪裏？」

「你看到觀察站最高層那個突出的小房子了嗎？」文森指着考察站説，「值班室就是那裏，那裏四面都有窗戶。」

「你當時面對着什麼地方坐着？」

「面對着北面。」文森連忙説，「要是面對着東面，雖然這裏很暗，但是那隻熊攻擊麥倫我大概也能看到，但是我面對北面，眼角的餘光掃到這邊有個影子一晃。」

本傑明他們各自點亮了亮光球，對南森指定的區域進行了全面搜索，試圖找到新的腳掌印，不過沒有結果。保羅從大石頭頂上也快速跑了回來，他告訴南森，四面都已經發射了探測信號，沒有發現魔怪反應。

外面的風又大了起來，南森勘驗完了現場，下令返回考察站，這次勘驗，收穫還是不小的，南森説回去要查一些資料，他要把這個案件理出一個頭緒來。

他們返回到考察站，進去後紛紛脱下厚厚的羽絨外套，向裏面沒走幾步，商務飛機駕駛員林奇走了過來。

「嗨，博士。」林奇熱情地打着招呼，「去破案了？噢，真想和你們一起去，我從小就想當個偵探，或者是個魔術師，沒事就給自己變一些吃的……剛才我實在太累了，睡了一覺……」

「當飛行員就很不錯。」南森説，「你開了好幾個小時的飛機，確實很累，需要休息。」

「謝謝，你們去吃飯吧？站長親自打電話給我，讓我去吃晚飯。」林奇很是遺憾地看着南森，「明天中午趁着天還算亮，我就要走了，可惜還沒有和你學習幾招……」

「我們發現了一隻南極熊，熊怪！」派恩很是神秘地對林奇小聲説，「千萬要當心，不要隨便外出……」

「熊怪？」林奇瞪大了眼睛，拉着派恩，「那你要和我好好説説。」

「我要先去和站長談談，既然受害者遭到熊怪的攻擊，危險還未解除呀！」南森對幾個小助手説，「你們先去吃晚餐，我馬上就到。」

第四章　林奇飛回來了

南森去了站長那裏，和站長簡單說了一下剛才勘查的結果，他離開站長室，並沒有去吃晚餐，而是和保羅回到自己的房間。一回去，他就打開電腦，查詢新西蘭熊怪的資訊，保羅也用自己的電腦系統幫助南森搜索了很多資料。

海倫和本傑明、派恩吃過晚餐就來到南森的房間，南森還在工作着，海倫又去餐廳帶了一份套餐來，南森簡單地吃下，看得出來，他的心思都在資料上。他叫小助手們都去休息一下，可海倫他們哪裏睡得着呀，他們也等着南森的推論呢。海倫能感覺到，南森似乎又有新的突破。

南森把電腦熒幕切換成了一張巨大的南半球地圖，看了看，忽然轉臉看着小助手們。

「我想現在可以梳理一下整個的案情了。」南森說。

　　小助手們立即都提起精神，海倫不禁看了看那張南半球的地圖。

　　「根據現場勘驗，我們能推測出，受害者麥倫外出記錄資料，返回的時候，大概走了幾米，就遇到了一個熊怪，熊怪殺害了他。」南森平緩地說，「熊怪的特徵是，身體溫度極高，這種高溫也許是用來輔助自己的攻擊，也就是說只有在攻擊時牠的身體才有高溫，這種高溫傳導到牠的利爪上，攻擊力度和傷害程度當然要大大增強，因為此時牠身體整體溫度都高，腳掌也是，這也就能解釋為什麼現場只有那一對熊腳印了。」

　　「這樣解釋……」派恩眨眨眼，「很合理，很合理……」

　　「什麼合理？就是這樣的。」本傑明糾正道。

　　「這是推論之一，關鍵是，熊怪從何而來，北極有北極熊，南極沒有熊，這是一個基本常識。」南森繼續說，「那麼這隻熊，很可能是從別的地方來的……一年多前在新西蘭出現的那隻熊怪，我查了資料，也是善於火攻，更關鍵的是，我給新西蘭魔法師聯合會發了郵件，半小時就收到回覆，那隻熊怪腳掌大小和外形，和攻擊受害者這隻

41

一模一樣。」

「這麼說牠倆其實就是同一個熊怪了？」海倫吃驚地說，她看着電腦熒幕上的新西蘭地圖，「從新西蘭跑到南極？」

「博士，新西蘭的那隻熊怪怎麼會被追捕的？殺人了嗎？」本傑明跟着問。

「現在基本可以認定就是同一個熊怪。」南森先是看看海倫，「有關這隻熊怪，由於沒有最終抓獲，所以當地魔法師了解的也不多，大概就是這隻黑熊魔怪在新西蘭的南島殺人吸血，而受害者傷口也有灼傷痕跡，熊怪因此被魔法師們追捕，從大山一直追到海邊，魔法師們確認擊傷了牠，但牠掉進大海不見了蹤影，看來沒有淹死，而是來到了南極。需要提到的一點是，新西蘭本身也沒有黑熊，打傷牠的魔法師明確指出這是一隻北美黑熊，至於牠怎樣從北美來到新西蘭的，就不得而知了，沒有資料顯示這隻黑熊怪在北美地區作過案。另外，這傢伙非常厲害，善於吐火球攻擊，七名魔法師追捕牠，打鬥時牠也不落下風，而且最後還是逃跑了。」

南森說着指了指電腦熒幕上的南半球地圖，放大了新

西蘭南島到南極的區域地圖。

　　「儘管是只魔怪，但是從新西蘭到南極也有三千公里左右的距離，游泳是游不過來的。」南森指着電腦熒幕說，「但是從新西蘭南島有船到這邊，有南極觀光船，還有捕鯨船，如果偷

偷上了這樣的船，是能抵達南極的，而且這隻熊極有可能乘船從北美到了新西蘭，牠的跨洲長途奔逃能力很強。」

「那牠很不好抓呢。」本傑明忐忑不安地説，「牠又殺了人，也許又跑了。」

「牠這麼能跑，看着行進路線，從北半球跑到南極了。」派恩也是一樣忐忑，「這可怎麼找牠呀？」

「發現牠的痕跡越多，也就大大提高了最終抓獲牠的概率。」南森倒是一副不急不躁的樣子，「牠有熊的基本特徵，喜歡在洞穴中居住，新西蘭的魔法師已經發現了這一點，所以在南極也一樣……從案發現場看，熊怪應該從考察站的東邊來，我查過地圖，考察站東邊有一處連綿四、五公里的小山，叫諾裏山，那裏有數座山峯，最高處有一百多米，還有天然洞穴，而且沒有被冰覆蓋，因此我們要去查找一下……熊怪不可能知道我們到了南極，可能還沒有離開。」

説着，南森在電腦上調出一張地圖，上面有哈利考察站，諾裏山就在考察站東南方向大概四、五公里的位置。

「要是這裏有熊怪的洞穴，那牠也是剛來不久的。」海倫小心翼翼地説，她盯着電腦熒幕，「要是一年前就來

了，距離考察站這麼近，早就有血案發生了……牠好像是個吸血類的魔怪。」

「沒錯，新西蘭的遇害者就被吸血了。」南森説，「不過這裏的遇害者沒有被吸血，醫生的檢查報告和我們的直接檢查中，都沒有發現麥倫有失血過多的情況，這倒是個令人不解之處……海倫説得對，即使諾裏山那裏能找到魔怪痕跡，牠也是剛來不久的，這麼兇殘的傢伙如果很早就來了，距離人類這麼近，早就發生兇案了。」

「諾裏山，牠要是在那裏，這次是跑不了的。」海倫繼續看着電腦熒幕，一字一句地説。

「可我怕牠早就跑了。」派恩説，「牠的行動能力這麼強，殺人後遠走高飛，不知道跑到哪裏去了，沒準現在到了北極呢！」

「還到了火星呢！」本傑明嘲諷地説，派恩不滿地瞪了本傑明一眼。

「派恩説的沒錯，這傢伙行動力確實強大，不過能找到零星的魔怪痕跡就一定對破這個案有幫助，不能指望一去就遇到牠，也要做好撲空的準備。」

派恩有些得意地對本傑明做個鬼臉，本傑明沒有理睬

他。

「博士，那我們明天什麼時候去？」保羅走到南森身邊問。

「如果太早去，我們只能依靠亮光球照亮，我們在明處，牠在暗處，如果發現魔法師前來，牠也許會跑掉，所以我們只能借助着為數不多的天亮時間。」南森說，「這裏每天中午十一點到下午三點左右都有陽光，我們十一點半去，十二點多就能到達，去最高的山頂發射信號，這些山都沒有樹，保羅的探測信號不受遮罩和阻礙，要是牠真在那裏，很容易就會被測出來。」

這天晚上，南森他們休息得都很早，他們都感到了疲憊，而且第二天還要去諾裏山尋找熊怪。

第二天，他們起得也很晚，早上九點時分，大地還是一片漆黑的，根本就感覺不出這是白天，臨近十點的時候，他們才紛紛起牀，本傑明休息得很好，他精神滿滿，做好了和熊怪作戰的準備。

南森帶着幾個小助手去餐廳吃了早餐，隨後全都來到南森的房間。時間還早，不過他們開始了準備活動，南森提醒大家注意，他們對付的是一隻善於火攻的魔怪。海倫

把四枚追妖導彈全部給保羅配備上，本傑明和派恩檢查了兩遍自己的幽靈雷達。大概十點半的時候，南森向外看了看，遠處的天空微微地泛白了，一天中只有四個小時的天亮時間就要來臨了。

門外傳來了敲門聲，海倫去開門，原來是飛機駕駛員林奇。

「博士，你們好。」林奇一進來就說道，「我是來告別的，再過半小時我就飛回開普敦了。」

「噢，你就要走了。祝你一路平安。」南森連忙說，「希望有機會還能搭乘你駕駛的飛機。」

「一定有機會的，你們破了案，還是我來接你們，反正沒人願意飛這個航線。老闆總說我技術不好，就讓我飛這個航線，反正這個航線也沒多少人，可我的技術很好呀！」林奇說，他看看本傑明他們，「總之……再見了，本傑明，還有會說話的小狗……」

「祝你駕駛拖拉機……啊，是飛機，駕駛飛機一路平安。」本傑明做個鬼臉，「一路顛回去……」

「是飛機，不是拖拉機。」林奇說完也擠擠眼，向外走去，「我已經不開拖拉機了。」

　　林奇走了。外面的天空，的確開始發亮了，有點白天的樣子了，大概十一點鐘，外面和白天一樣了，忽然，飛機發動機的聲音從外面傳來。

　　「噢，拖拉機起飛了。」本傑明嘻笑着說，隨後向窗外看去。

　　「哈哈哈哈……」派恩在一邊大笑起來。

　　飛機發動機的聲音越來越小，很快就沒有了，林奇回開普敦去了。

　　南森他們做着最後的準備，再過一會，他們就要出發了。忽然，外面的天空中又響起了飛機發動機的聲音。

　　「噢，又有誰來了？」本傑明看看大家，「這個考察站還挺忙的……」

　　「根據我對飛機發動機聲音的識別，這是林奇那架飛機，他飛回來了。」保羅晃着腦袋說，「噢，拖拉機駕駛員迷路了？」

第五章　遭遇戰

「南森博士，南森博士，這是考察站觀察室，請馬上到門口來——」房間裏的對講系統突然傳出一個聲音，「有緊急情況——」

南森和幾個小助手對視一下，立即向外走去，他們一起來到考察站的門口，站長阿爾伯特也趕了過來。南森立即問他有什麼事。

「觀察室的人和我說林奇飛回來了，具體我也不清楚。」阿爾伯特一臉緊張地説。

「咣——」的一聲，大門被推開，林奇羽絨衣都沒穿，急匆匆地衝了進來。

「南森博士——南森博士——我找南森博士——」

説着，林奇就向裏面闖。本傑明連忙攔住他。

「這不就是南森博士嗎？你怎麼回來了？」

「南森博士——」林奇一把就拉住南森的手，「我、我看見牠了——」

「請慢慢説。」南森連忙説。

「我剛把飛機拉起來，就看見下面有個黑乎乎的影子，不就是那隻熊怪嗎？黑色的熊，南極就是有熊也應該是白色的，牠正在海岸邊走路呢。我聽説了，你們要找的是一隻熊怪，站長昨天就發了通知，要全體人員小心熊怪⋯⋯」

「牠在哪裏？具體方位？」南森連忙打斷林奇。

「考察站的北面，靠近海岸，大概有兩公里吧。」林奇連忙説。

「不好！」阿爾伯特站長更緊張了，「文森剛才出去了，就是去北邊的海邊進行氣象觀測⋯⋯我本來叫停了一切戶外活動，可是他説他的觀測點就在考察站北邊不到一公里的地方，馬上就回來，我就⋯⋯啊，我讓他帶了一支槍出去⋯⋯」

「馬上通知他回來，他帶着對講機吧？」南森對阿爾伯特説，隨後看看小助手，「我們出去。」

來不及回房間拿衣服了，考察站門口的前廳這裏掛着一排羽絨工作服，全是桔紅色的，上面都有「哈利考察站」的字樣，南森他們一人取了一件穿上，邊穿邊往外衝

51

去，身後，阿爾伯特站長用對講機緊急呼喚文森。

南森他們出了考察站，連忙向北跑去，前面，一片白茫茫的平地，有風從平地上吹過，颳起一些落雪，此時正是很短的南極白天，如果沒有風捲起的飄雪飛來舞去的，前方的視野是很開闊的。

南森他們全力向北奔跑，他們沒有看到文森的影子。

「啪——啪——」，前面傳來兩聲槍響，這槍聲在這孤寂的大地上顯得非常清脆，南森他們立即向槍響的地方跑去。

前方，在一個巨大的石塊後面，可以看到一個桔紅色的身影，那是一個人，身穿的是和南森他們一樣的考察站的羽絨外套。

一個黑乎乎的東西朝着石塊跑了過來，那人對着那黑乎乎的東西又開了一槍，不過似乎沒什麼用，那傢伙一下就撲到開槍的人面前，伸手就把那人的槍給打飛了，那人倒退了幾步，黑乎乎的東西逼了上去。

「急速——疾走——」南森唸了一句魔法口訣，他的雙腳突然加快了擺動頻率，那擺動幅度之快，使得三、四百米的距離讓他在短短的兩、三秒內就到達了。

南森突然出現在石塊後面，他完全看清了——五、六米之外，一隻身高兩米的黑熊怪張牙舞爪，側對着自己，就要撲向已經倒地的那人。那人正是文森，此時的文森已經完全絕望了，不過他忽然看見南森，大叫起來。

「博士——救我——」

熊怪也感覺到了一股風聲，牠側面一看，看到了南森，露出驚訝的表情。

「嗖——」的一聲，一枚凝固氣流彈已經射向了熊怪，熊怪根本就沒有防備，「轟——」的一聲，凝固氣流彈命中熊怪的腰部後爆炸，熊怪被炸翻在地。

「好——好——」文森在一邊高興地叫了起來，他站起來，「給麥倫報仇——」

南森身後，幾個小助手也已經趕到，他們都看見了熊怪，沒想到原本要找尋，並且還不知道是否能找到的熊怪就這樣出現了，而且一下就被炸倒在地，他們非常高興。

「牠完蛋了，省得我用綑妖繩綑牠了。」本傑明説着向前走了一步，他看見熊怪躺在地上，微微抖着。

「呼——」的一聲，熊怪一個翻身就站了起來，似乎一點都沒有受到爆炸的傷害。

　　貼身爆炸的凝固氣流彈都沒有傷到熊怪，這令大家吃了一驚，但是此時沒有時間去探求原因，海倫和本傑明一左一右，直接撲向熊怪，他倆各出一拳，狠狠地打向熊怪。熊怪根本不躲，牠伸出雙臂，阻擋襲來的拳頭。

　　「哎——」的一聲，海倫和本傑明的雙拳幾乎同時被擋開，接下來就是兩人抱着拳頭的慘叫聲，他倆的拳頭就像是砸在了厚實的鋼鐵上一樣，海倫覺得自己的手臂都要斷了，本傑明懷疑自己有沒有骨裂。

　　「嗨——」派恩已經悄悄繞到熊怪的背後，抬腿就是一腳，他踢中了熊怪，不過隨即傳來的是派恩抱着腳呼喊的聲音。

　　熊怪沒有事，派恩的腳卻就像是要斷了一樣，三個小助手各自在一邊喊叫，暫時退出了戰鬥，本來等着魔法偵探們擒拿熊怪的文森看到這一幕，愣在了那裏。

　　南森知道遇到了厲害角色，他舞動雙手，喊了一句魔法口訣。

　　「千噸鐵臂——」

　　「呼——」南森的雙臂頓時加長到三、四米，而且變得很粗，雙臂也變成鋼鐵一般，他揮舞着雙臂，狠狠地砸

向了熊怪。

熊怪看到雙臂襲來，這次躲避了一下，牠閃過雙臂攻擊後，突然抖動了一下自己的雙肩，頓時，牠的雙臂開始變得通紅，身體也有些微微發紅，熊爪的指尖，還飛濺出絲絲的火花。

南森的雙臂再次掄了起來，橫掃向熊怪，熊怪這次不躲避了，牠伸出雙臂去擋，只聽「噹——」的一聲巨響，南森慘叫一聲後退幾步，他的千噸鐵臂上居然被撞出一個痕跡，關鍵是他的胳膊明顯感到燒灼感，這是熊怪那發熱、溫度極高的雙臂造成的。

熊怪絲毫沒受影響，這次是牠攻擊了，牠高舉雙臂，狠狠地拍擊向南森，南森不敢去擋，連忙閃身，並收起了千噸鐵臂。

熊怪的攻擊撲空，牠當然不肯停止，雙臂揮動，再次掃向南森，南森連忙後退。

三個小助手看到南森受到攻擊，一起撲向熊怪。

「小心，不要接觸到，牠的身體高溫——」南森連忙喊道。

三個小助手能從熊怪的外表看出端倪，這時的熊怪全

身發紅，還不時有火花從身體各處飛濺出來，完全就是一隻火熊。海倫他們攔在熊怪身前，沒有再次向前，而是各自近距離射出密集的凝固氣流彈。

「轟——轟——轟——」一陣爆炸聲中，熊怪被正面命中，凝固氣流彈爆炸產生的白色煙霧暫時將牠完全覆蓋，但是在這白色煙霧中，還是隱約透射出牠那燃燒一般的紅色身體。

熊怪被炸得叫起來，身體也不住地亂顫，但是牠沒有倒下，有幾次牠差點被爆炸攻擊波推倒，但是很頑強地站立起來，牠用雙臂撥打着射過來的氣流彈，就在海倫他們的攻擊間歇，熊怪突然一張嘴，「呼——呼——呼——」，三枚燃燒的火球從牠嘴裏噴射出來，射向海倫他們。

「小心——」海倫大聲提醒着，隨即躲閃，一枚火球從她身旁不足半米處呼嘯着射了過去。

本傑明就地一滾，一枚火球從他頭上飛了過去。派恩就沒這麼幸運了，他也是緊急躲避火球攻擊，但是動作稍慢，火球擦了一下他的身體，他的衣服就燒了起來，派恩連忙就地翻滾，試圖壓滅火焰。

本傑明衝上去拍滅了派恩身上的火焰，熊怪從白色煙霧中衝了出來，看到派恩倒地，試圖衝過來攻擊，「唬——」的一聲，南森跳過來，向熊怪射出一道白色閃電，閃電的電光迎面擊中熊怪的前胸，「啪——」，一聲巨響，熊怪倒退了五、六米，差點摔倒。

熊怪穩定了一下，也不停歇，再次怪叫一聲，撲向南森。南森看到閃電攻擊還算奏效，又射出一道閃電。

「吸力——」熊怪突然叫了一聲，牠其實喊出的是一句魔法口訣，牠的身體最周邊的紅光突然一閃，形成了一個紅色的光圈，沿着熊怪身體外沿，籠罩着牠。

「啪——」的一聲，閃電再次擊中熊怪，但是這次命中熊怪的閃電就像是融化在紅色光圈裏一樣，紅色光圈周邊多了一層白色的光圈，隨即白色光圈消散，熊怪身體裏不但飛濺出紅色的火花，還濺出少許白色火花。牠身體的溫度似乎更高了，南森距離十米都能明顯感覺到。

南森知道熊怪用魔法吸走了自己的閃電，閃電能量和熊怪的火焰能量結合，牠的攻擊能量更大了，自己絕對不能再使用閃電攻擊了。

熊怪得到了更大的能量，力氣更足了，牠搖晃着撲

向南森，南森連忙後退，熊怪張開大口，「呼——」的一聲，一個散發着紅色烈焰、足球般大小的火球直射南森。南森連忙躲避，火球從他頭頂飛了過去，南森長出一口氣，總算躲過這次進攻，但是火球飛了十多米，一個轉彎，又朝南森飛來。

「博士小心——」派恩在一邊看到這個情況，急得大喊。

南森感覺到了身後烈焰來襲，他連忙一個前撲，趴在地上，火球又從他身上飛過，再次撲空的火球像是長了眼睛，看見南森趴在地上，猛地飛起，隨後重重地砸向南森。

南森看到天空中砸下的火球，就地連續翻滾，「轟——」的一聲巨響，火球把地面砸出一個大坑，火焰火苗從坑中飛濺出來。看到這一切，熊怪非常得意地笑了起來，牠張牙舞爪地衝過來，試圖張嘴噴出第二枚長眼睛的火球，熊怪明白南森是這羣魔法師的領頭羊，擊敗他等於擊敗了整個團隊。

海倫和派恩都意識到了這點，必須阻止牠的攻擊。她和派恩從側面衝過去，猛地各出一腳，重重地踢在熊怪身上，隨即快速收腳，否則腳都會被熊怪身上的火焰燒傷，熊

怪當然沒倒下，但也受到了影響，咆哮着揮拳打向海倫。

「狠角色——狠角色——」保羅一直在戰鬥的周邊，他也想找機會攻擊熊怪，但是始終找不到縫隙。

阿爾伯特站長、文森和林奇都躲在一塊石頭後面，膽戰心驚地看着這一幕，他們一點忙也幫不上，只能乾着急，還要躲避着爆炸飛濺的碎石。林奇大着膽子向熊怪扔了兩塊石頭，一聲爆炸聲響起，他又縮回到石頭下。

南森仍然被火球糾纏着，他必須想個辦法擺脫，這樣下去早晚被火球擊中，忽然，南森看到了幾十米外的海面，頓時有了主意，他幾個跨步就來到海邊，這裏有一個距離海面不算高的崖壁，崖壁下是結了冰的海面，南極的這個海邊，並沒有常見的企鵝——也許牠們都知道這附近有個魔怪，全都走遠了。

南森打定主意，一個箭步就飛到冰面上，隨後躺下，一動不動。

「呼——」的一聲，火球如期而至，先是高高飛起，隨後筆直地砸向南森。就在距離南森只有三、四米的時候，南森唸了一句魔法口訣，身體忽然急速向右移動了二十多米。

　　「哧——」的一聲，火球將冰面砸開，進入到海水裏，頓時，冰冷的海水包裹住火球，大股的白色煙柱躍出水面，海水沸騰了，同時火球散發的火焰力度也被海水大大稀釋。火球似乎知道自己的使命還沒有完成，急速抬升，想躍出水面去攻擊南森。

　　「噹——」的一聲，就在火球要躍出水面的時候，像是撞在什麼東西上，又反彈進海水裏。只見南森就在冰面破洞旁，他唸了無影鋼鐵牆的口訣，一道無影鋼鐵牆飛來，壓在冰窟窿上，火球又衝了一次，但是沒有衝出來。它用力地頂着鋼鐵牆，南森則向鋼鐵牆施加魔法，死死地壓在冰面上，鋼鐵牆被頂得一顫一顫的，但仍死死地壓着那枚水中的火球，海水沸騰着，大量的白煙從四周的縫隙處翻滾出來，冰冷的海水消耗着火球的能量，火球的能量越來越小，最後完全頂不動鋼鐵牆了，慢慢地融化在海水中。南森則長出一口氣。

　　那邊，海倫和派恩、本傑明纏鬥上了熊怪，但是他們根本無法和熊怪正面抗衡，只能採取偷襲的方式，猛踢一腳，猛打一拳，而且必須一觸就收回拳腳，他們還找機會射出凝固氣流彈。

熊怪沒受什麼損傷，但是這種糾纏很是惱人，牠怪吼一聲，掄開了臂膀，雙臂來回猛擺，海倫正好衝上來，被牠掃到，身體橫着就飛了出去，隨即重重摔在地上，派恩也一樣，被牠掃飛，摔在地上爬不起來了。本傑明站在旁邊，一時無法下手了。

熊怪再次撲向南森，南森氣喘吁吁地從冰面上走來，本想和小助手合力再戰熊怪，但是海倫和派恩倒在一邊，幾乎失去了戰鬥力，他一時也找不出方法對抗魔法這樣強大的魔怪。

「嗖——」一個影子一閃，保羅突然快步衝了上去，這麼近的距離，他無法發射追妖導彈，只見他張開大嘴，對着熊怪的腳踝一口就咬了下去，他的嘴都是機械結構的，倒是不怕什麼高溫火焰。

「啊——」熊怪叫了一聲，隨後猛地一抖腳踝，保羅的身體橫着就飛了出去。

「噹——」的一聲，保羅撞在了一塊石頭上，身體被彈飛出十幾米後重重地砸在地上，「鐺啷啷——」的幾聲，保羅倒地後不起，身體的後蓋都掀開了，兩枚追妖導彈也從身體裏滾落出來，落在地上。

「嗷——」一聲憤怒的吼叫聲響徹整個極地，這聲音中不但充滿憤怒，更具有攻擊力，這是熊怪發出了怒吼，牠撲向了南森。

「完啦——完啦——」林奇看到了這一幕，絕望地喊道。

南森耗費了巨大的體力和魔力，向後退了兩步，這一輪的熊怪攻擊，將是他無法抵禦的。

本傑明看到掉出來的追妖導彈，靈機一動，他飛奔過去，撿起了一枚，他知道追妖導彈的結構，他拿着那枚導彈，彈頭衝下，猛地擊打在石頭上，追妖導彈的彈頭是引信，被撞擊後就能引爆導彈，但是有幾秒鐘的延時。

「嗖——」本傑明把追妖導彈向熊怪身後扔去，追妖導彈也像長了眼睛一樣，飛向了熊怪。

「博士趴下——」本傑明大喊一聲，隨後撲倒在地。

那邊，正對着本傑明的博士看到了這一幕，連忙臥倒，而背對着本傑明的熊怪不知道發生了甚麼，繼續衝向南森，這時那枚追妖導彈也到了牠的身體後。

「轟——」的一聲巨響，追妖導彈爆炸了，熊怪當即被炸得飛了起來，隨後重重地落在了地上，爆炸產生的

煙霧頓時把牠附近的地方覆蓋了。熊怪被炸倒後，沒有死——牠的抗擊打能力確實強大，但是身上插着幾塊導彈碎片和一個導彈尾翼的牠，身體往外冒血，失去了戰鬥力。

熊怪慢慢地站了

起來，看着眼前的一切。爆炸的濃煙已經散掉，不遠處，南森喘着氣，警覺地看着自己，並慢慢走來，扔導彈的本傑明在自己的後方，有點不知所措，地上還躺着兩個小魔法師和被自己甩到石頭上的小狗。

　　南森在靠近，熊怪狠狠地瞪着他，隨後轉身就跑，南森緊跟兩步，但是實在跑不動了，地上還有海倫和派恩要救治，只能望着熊怪跑遠了。

第六章　我們有一架飛機

「本傑明——」南森走向海倫，同時向本傑明豎起大拇指誇讚。

「非常規戰術……非常規戰術……」本傑明這才放鬆下來，他癱坐在地上，「下次沒這樣的機會了……」

阿爾伯特他們從石頭後走出來，一起去幫助救治海倫和派恩。南森扶起海倫，給她喝下了急救水，隨後給派恩也喝了急救水。兩人剛才的骨頭似乎都散架了，根本就爬不起來，喝了急救水後，好了一些。

「老伙計……」南森走到保羅身前，蹲下身子，檢查着保羅的身體，「你怎麼樣了？」

「唔——茲——茲——」保羅躺在地上，他張嘴說話，但是說出來的是電流聲。

「線路嚴重受損，機械部分受損更嚴重。」南森很是心痛地說，「老伙計，說不出話來就不要說了，回去我把你重新組裝一遍。」

「茲──茲──茲──」保羅繼續説着電流聲，像是在回答南森。

「博士，你也流血了。」本傑明不知什麼時候走了過來，他看到南森的衣袖被劃破，還有血滲漏出來，「你快喝點急救水。」

「我還好。」南森連忙説。

剛剛結束戰鬥的戰場，一片冷寂，風呼呼地颳過。南森他們要回去休息整頓，阿爾伯特站長和文森架着海倫，本傑明和林奇扶着派恩，南森則抱起保羅，向考察站走去，這一行人略顯狼狽，剛才要不是本傑明把導彈當手榴彈使用，後果真的不堪設想。

他們回到了考察站，海倫和派恩去休息，站長帶着南森來到考察站的實驗室，這裏什麼器械設備都有，南森開始對保羅進行維修。本傑明一回來就坐到一個角落，他沒怎麼受傷，但是非常害怕，他努力地讓自己平靜下來。

兩個多小時後，南森帶着保羅走出實驗室來，保羅恢復如初了，而且再次組裝後，身體感覺似乎更好了。海倫和派恩都在深深的睡夢中，喝下急救水後，讓他們好好睡上一覺，便會很快就好起來。

　　阿爾伯特站長已經下令，考察站的任何人都不能隨意外出了，熊怪可能沒有走遠，隨時都有可能回來。文森也向站長和南森描述了他外出遭遇熊怪的過程——文森測量好資料正在往回走的時候，發現那隻熊怪向自己衝過來，他連忙開槍射擊，就在要被熊怪攻擊的時候，南森他們趕到救了自己。

　　保羅被組裝好後依然活潑如前，南森則顯得心情沉重，此時他和本傑明在房間裏，他的電腦開着，桌子上還鋪着一張此地的地圖。

　　「博士，牠不會跑遠吧？或者說離開南極。」本傑明也憂心忡忡的，「那樣就很難找到牠了。」

　　「牠都敢直接攻擊外出的考察隊員了，膽子大得很呢。而且今天的對戰，牠其實並沒有輸，要不是你那非常規戰術……牠現在一定很輕視我們。」南森說着看看地圖，「不會跑遠的，牠也受了傷，應該在療傷，而且牠殺害了麥倫，見了血，牠控制不住了，也許還想殺我們吸血呢……」

　　「我明白了。」本傑明點點頭，「這個問題我倒是不擔心了，可是另一個問題……就算是找到牠，怎麼才

69

能制服牠呀，牠可是太厲害了，我那招不可能經常使用的⋯⋯」

「我也在想這個問題。」南森説，「目前唯一對牠有威脅的就是追妖導彈，但是近距離使用大家都有危險。」

正在這時，外面傳來一陣飛機轟鳴聲，那聲音非常近，好像飛機就在考察站頂上降落一樣。

「是林奇回來了，他可真夠意思。」本傑明説着去開門，「他一定要來找我們的。」

果然，沒幾分鐘，林奇就風塵僕僕地跑進了房間。

「⋯⋯博士，我又飛了一圈，沒發現牠，除了大海那個方向，我另外三個方向我都飛出去兩百多公里⋯⋯」林奇一進門就興沖沖地説。

「林奇先生，你要注意安全呀，現在全考察站的人都不能外出。」南森連忙請林奇坐下。

「沒事，我把飛機停在了考察站門口，下了飛機我就跑回來了。」林奇若無其事地説，「站長讓人在考察站頂部架設了十台探照燈，把考察站周邊三百米內都覆蓋了，我和地面有聯繫的，沒有情況我才着陸的。」

「你真的要留下幫我們抓魔怪嗎？」南森很是感激地

看着林奇。

「那當然了，我都和公司説了，公司也同意了。」林奇激動起來，「這麼關鍵的時候，我不能自己開着飛機跑回去，把你們都丟下。現在能和魔法偵探們一起工作是我的榮幸，而且我們可是有一架飛機呀，你們不考慮空中投彈嗎？本傑明今天已經投過彈了……」

「謝謝，林奇先生，真的很感謝。」南森微微笑笑，「轟炸任務先放下，你先執行空中偵查任務，我讓你特別注意的諾裏山那裏怎麼樣了？」

「我在諾裏山上低空飛了一圈，最低距離山頂只有一百米。」林奇連忙説，「不過沒有看見什麼，也許是天已經暗下來的原因，明天中午能見度好的時候，我再飛過去看看。」

「好的，我會安排的。」南森説，「林奇先生，你也累了吧，最好去休息一會，你説得對，我們有一架飛機，有空中優勢，我們一定要利用好這個優勢。」

林奇連連點頭，隨後走出了房間。

「那傢伙沒有走遠。」南森看看本傑明，「剛才天還沒有黑，林奇低空飛了兩百公里，一隻熊怪在毫無掩護的

南極大地上行走是很容易被發現的。」

「牠藏在諾裏山了？」本傑明問道。

「應該是那裏。」南森點點頭，「牠在休養恢復，我們也一樣，最後的決戰還沒有開始呢。」

「諾裏山也不算小，延綿好幾公里呢。」本傑明看看地圖，「把牠找出來可能不那麼容易，我們在明處，牠躲在某個山洞裏。」

「是呀！」南森説，「待明天海倫和派恩休息好了，我們好好布置一下。噢，今晚每人兩次的急救水千萬不能忘記了……」

「我設置了提醒功能，放心吧。」保羅在一邊説，牠完全恢復過來了。

第七章　空中偵察

第二天一早，海倫和派恩醒來，他倆感覺好多了，體能起碼恢復了平時的95%以上，急救水發揮了很大作用。南森則幾乎整晚都在研究對策，他堅信熊怪躲進了諾裏山。

早餐之後，偵探所的全體成員以及林奇都聚集在南森的房間裏，林奇現在也算是捉拿熊怪小組的成員之一了。

「我們一會去昨天交戰的地方，主要是尋找熊怪的逃竄方向。」南森開始布置工作，「牠流血了，順着血跡，我們能判定牠的逃竄方向，當然，牠不會蠢到帶着血跡一路逃到巢穴。」

「如果真的逃進諾裏山，我們就去搜山？」本傑明問。

「對，這是一定的。」南森點了點頭，「但是事先一定要確定牠的逃竄方向。」

南森又做了一番布置，大家分頭去做準備，保羅重新安裝了四枚追妖導彈，目前有效對付熊怪的攻擊武器就靠他的追妖導彈了。

在一片黑暗中，大家出了考察站的門，考察站的頂部，一排五盞探照燈直射着前進的方向，一來是為他們指路，另外也要防備熊怪再次來臨。

昨天和熊怪交戰的地方距離考察站有六百多米，他們很快就來到了那裏。南森打亮了一個亮光球，這裏頓時能見度極佳。林奇握着一枝槍，南森他們找線索的時候，他要觀察着四下，雖然槍枝不能抵禦熊怪，但是能有效地發出槍聲警報。

「看，地面上有熊怪的腳印，融化了冰層，陷進地下，印出牠的腳掌印。」南森指着地面上很多的熊怪腳印説，「牠展開攻擊時就渾身散發熱能，造成了這種嵌入式的腳印，和那天攻擊麥倫一樣。」

「這樣説牠平常不是這樣，只有在展開攻擊的時候這樣。」海倫説。

「是的，展開攻擊時要消耗能量，平常牠是要積攢能量的。」南森解釋道。

「博士，這有血跡。」派恩發現了地面上的幾滴血，連忙過來報告。

不用南森指揮，保羅立即飛奔過去，他聞着那些鮮

血，隨即抬頭看着南森。

「不是我們的血。」保羅説，因為昨天交戰時南森等也負傷流血了，「是熊怪的。」

「鎖定跟蹤。」南森簡單地説。

保羅已經低着頭開始在地面上找尋起來，他連續在附近找到了幾處熊怪的血跡，隨後開始向東，又找到一處熊怪的血跡。

南森招呼大家跟上保羅，林奇端着槍也跟了上來，保羅一路向東，一直走了一千多米，他的行進方向的確是對準了諾裏山方向，亮光球一直懸浮着跟在保羅頭頂上。忽然，保羅緊跑幾步，叼了一個東西回來。

保羅把那東西送到南森手上，南森拿過來一看，原來是追妖導彈的後半部分尾翼，尾翼呈斷裂狀態，上面還有凝固成暗褐色的血痕。

「昨天這個尾翼插在了熊怪的身上。」本傑明回憶起來。

「牠在這裏拔掉了尾翼，扔在地上。」南森説着看了

看四周的情況，四面一片寂靜，都是平坦的地勢。

「這裏還有幾滴血痕。」保羅指了指地面，緊鎖眉頭，「博士，前方的血跡味道幾乎沒有了。」

說着，保羅又向前行進了不到一百米，大家都跟着他。保羅停下了腳步，轉身看着南森，搖了搖頭。

「可以了，足夠了。」南森向前看着，「那傢伙就在這裏對傷口進行了簡單處理，拔去了彈片，止住了血，牠不會一直流着血跑回巢穴的。」

「這個方向……」派恩指着前方，用手臂比劃着，「就是諾裏山方向呀！」

「對，再向前不到四公里，就是諾裏山了。」南森向遠處看着，此時黑暗正在撤去，遠處微微有些白光了，隱約地，能看到一些山形，「熊怪跑到這裏後不久，林奇的飛機就起飛了，牠要是逃往別的方向，林奇能發現到牠的，只有逃進諾裏山的某個山洞裏，林奇才看不到。」

「博士，你的推測完全正確，那傢伙就在諾裏山中。」派恩用力地點頭，「我們追過去？找到牠保羅就發射導彈！」

「不，我們不進山。」南森擺擺手。

「啊?」派恩一愣,海倫他們也都愣住了,「不進山怎麼找到牠?」

「我們上天找!」南森一字一句地說。

半個小時後,林奇駕駛的飛機在轟鳴聲中起飛了,飛機上還有魔幻偵探所的全體成員。保羅趴在客艙門那裏,海倫和本傑明、派恩也拿着各自的雷達,蹲在客艙門旁。

「只有一次機會,如果反覆在空中盤旋,熊怪一定能感覺我們是在找牠的,會有所防備的。」南森在駕駛艙裏,站在林奇的身後,「只要牠在山裏,我們從山頂上飛過,一定能探測出來。」

「明白。」林奇沉穩地駕駛着飛機,「我重複一遍——距離最高峯一百米,飛過諾裏山山脈時機翼側向,將艙門側向山體,保羅的系統探測距離有五百米以上,所以一定能找到魔怪的位置。」

「沒錯。」南森滿意地說,「距離最高的山頂一百米,要搜索到熊怪,也要注意安全。」

「放心,貼着山頂飛都沒問題。」林奇似乎有些得意地說,「博士,我繞個圈子,前面就是諾裏山了。」

「還貼着山頂飛?一顛簸就撞……」本傑明說道,不

過看到海倫瞪着自己，就不説話了。

　　「好。」南森看着地面，此時的外面已經基本亮了，南森從飛機上能看到諾裏山山脈了，諾裏山的頂部全部覆蓋着厚厚的白雪，這座山和考察站同向，四、五公里多長的山體幾乎筆直地呈現出南北向走勢，南森回頭看看機艙

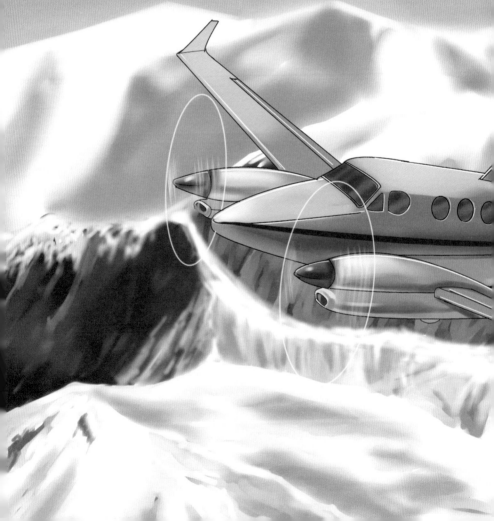

裏的小助手，「大家準備好，我們就要飛越山脈了。」

　　小助手們都大聲回答，請南森放心。林奇讓飛機從南繞到諾裏山的尾部，隨後開始下降，到達諾裏山尾部的時候，他的飛機距離地面有兩百多米。

　　「注意——飛越了——」林奇對着對講系統大喊一聲。

　　飛機飛越這短短的四、五公里，也就十多秒的時間，林奇儘量放慢速度，飛機呼嘯着從諾裏山上空飛過，隨後直接飛到了海面之上。

「鎖定了——」保羅興奮的聲音從機艙裏傳來,「諾裏山中段,一座一百多米高的小丘下方的山洞裏,山洞距離地面十米,牠就在裏面。」

「太好了——」林奇聽到保羅的聲音,非常激動。

南森也很高興,他拍拍林奇的肩膀,讓他把飛機飛回考察站,隨後向機艙走去。

「博士,我們也找到目標了。」海倫和本傑明、派恩已經站了起來,她手裏拿着幽靈雷達,「魔怪反應非常明顯。」

「很好。」南森説,「準備一場新的戰鬥吧。」

飛機降落在考察站旁,南森他們下了飛機,沒有直接去諾裏山,而是先回了考察站。

回到考察站,南森迅速取過地圖,經過保羅確認,在上面標注了熊怪的位置。

「如果還是昨天那個戰法,圍住牠攻擊,不一定奏效,相反,牠甚至可能佔上風。」南森的語氣有些沉重,「經過這一天的休息,牠也恢復得差不多了,千萬不能小看魔怪的身體恢復機能呀!」

「我去炸牠,用我的追妖導彈。」保羅晃着腦袋説。

「我們先圍住牠，把幾個可能逃竄的方向堵住。」南森看着地圖，指了指熊怪藏身的四周，「然後老伙計就開始向山洞裏發射導彈，連射四枚，全部給牠⋯⋯老伙計，現在還有七枚導彈對嗎？」

「對，昨天炸了一枚，我身體裏有四枚，備用彈三枚。」保羅説。

「備用彈帶上，林奇幫助裝彈，需要時備用彈也要打出去。」南森略微想了想，「就這樣，我們出發——」

説着，南森帶着小助手們還有林奇一起出了考察站，阿爾伯特站長已經給他們準備了兩輛雪地車，不過距離諾裏山一公里遠他們就要下車自己走過去了——直接開到熊怪巢穴旁等於給牠發現。

南極的天氣説變就變，剛才還是好好的，出門的時候，外面已經是暴風雪天氣了，大風裹着片片飛雪，漫天飛舞，風吹得人的眼睛幾乎都睜不開了，迎着風前進，就像是有人猛力地推着你一樣，寸步難行。

風雪再大，也要趕路。好在他們不用走路，可以駕駛雪地車前進。雪地車平常是敞篷的，遇到暴風雪天氣，可以豎起車篷阻擋風雪，這也是為南極這種特殊的地域設計的。

第八章　白化天氣

南森和林奇各自駕駛一輛雪地車迎着風雪上了路，海倫他們坐在車上，看着外面的漫天風雪。此時已經是中午十二點多了，天雖然陰着，還有風雪，但已經亮了。他們駕駛着雪地車，小心地行駛着，大概行進了三公里左右，南森先停了下來，隨後林奇也停車，小助手們都下了車，前方一公里處，就是諾裏山山脈了，在平坦的大地上突起一座連綿的小山丘，還是很顯眼的。此時，風雪不像剛才那樣大了，他們一一下車。

大家都惟恐被熊怪發現了一樣，躲在一塊石頭後，風從石頭上呼呼地颳過，不過能明顯感到越來越小了。派恩伸着頭向諾裏山張望着，手有些抖，很明顯，他有些緊張，昨天和熊怪對戰實在是太吃力了。

「找到那個山洞，我們把山洞圍起來，距離山洞起碼保持一百米以上距離。」南森向那邊看了看，隨後轉過身來，掏出一個對講機，「我用對講機給老伙計下達發射指令。」

「好，我聽你的指令。」保羅認真地說。

南森揮揮手，他們向前走去。此時，暴風雪幾乎停止了，漫天飄舞的雪片彷彿懸浮在空中，不再被狂風吹動。遠處的天空中，太陽似乎正在撕扯開雲層，將陽光照耀在大地之上。

「這個時候出太陽……」林奇看着天空，很是憂心地說，他皺着眉，搖着頭。

「怎麼了？」南森轉身問。

「我一直飛這條航線，也在考察站住過很多天，對這邊的氣候環境算是比較了解，暴風雪過後出太陽，很容易……」

林奇的話還沒說完，突然，整個天空白茫茫一片，大家的前後左右上下全都是白色的，就像是被扔進了牛奶之中，分不清前後左右，頭還有些發暈。遠處，諾裏山也不見了；後方，大石頭和雪地車也不見了，他們只能看見近距離的同伴。

「啊——啊——」派恩小聲地叫起來，「這是怎麼回事？」

「說來就來。」林奇說道，「大家先停住，坐下，不

周圍突然變成白茫茫一片，是怎麼回事？

要輕易移動，聽我的指揮。」

　　南森他們連忙聽從林奇的建議，全都坐在了雪地上，南森和保羅都基本上猜到了什麼。在來南極的飛機上，南森看的那本有關南極的書，對南極的各種情況都有詳細介紹。

　　「我們遇到了白化天氣，也叫乳白天空。」林奇也坐下，向大家解釋起來，「白化天氣是極地特有的自然現象，屬於一種大氣光學現象，暴風雪後，天空中都是雪粒，陽光照射在地面冰層上，冰層會將陽光反射回天空中，雪片和雪粒像千萬個小鏡子把這些光線散射開，再次反射回冰層上，如此反覆，白化天氣就出現了，看上去四周一切都是白色的。」

　　「我的預警系統已經提示我遇到白化天氣了，不過這確實是我第一次遇到。」保羅說，「現在近景和遠景都消失了，無法辨別方向，盲目前進會使人頭暈目眩，甚至失去知覺危及生命。」

　　「是這樣的，現在最好的辦法就是坐着別動。」林奇說。

　　「坐着別動？」派恩着急了，「那要坐到什麼時候？」

「放心，這種天氣來得快去得也快，極晝季節下持續的時間會稍長，可是現在是極夜季節。」林奇說，「我估計最多一小時就結束了。」

「還要一小時。」派恩喃喃地說，他着急去抓熊怪。

「熊怪遇到這種天氣一樣不辨方向，所以牠是跑不了的。」林奇知道派恩在想什麼，寬慰他說。

四周依舊是白茫茫一片，海倫覺得這種氣象狀況非常壯觀，這種天氣其實她也聽說過，但是置身其中的感覺是完全不一樣的。

「沉住氣，書上說，少去看那些白色。」南森根據自己所掌握的對這種天氣的了解，提醒大家，「不要太擔心，這種天氣一會就會好的。」

「飛行的時候就怕遇到這種天氣呀！」林奇伸手在空中抓了一把，他抓到了幾粒小雪片，「都是這些小雪片造成的，小雪片等於製造這種天氣的媒介。」

他們低着頭，等待着白化天氣的結束，果然，慢慢地，天空中的雪片都落在地上，沒有新的暴風雪送來雪片，四周的白色漸漸地散開、消失，本傑明一抬頭，忽然看見了不遠處停着的雪地車，他再一轉身，看到了遠處的

諾裏山，諾裏山上的白雪在陽光下泛着白光，但這完全不同於白化天氣的那種白，而且諾裏山的山腳下沒有厚厚的積雪，全都是裸露的山體和石塊，看得比較清楚。

「好了，白化天氣消失了。」南森說着站了起來。

一切恢復了正常，暴風雪也停了，天空中高掛着一輪晴日，散發着白白的光。四下的能見度很好，此時的晴天，可是南極在極夜季節裏非常難得的。

南森他們連忙向諾裏山前進，前方的地勢開始明顯隆起，他們是在上坡，儘管坡度不那麼陡峭，但是地面幾乎都是冰層，還有剛下的雪粒，很不好走。他們艱難地前行着，走了大概五百米，前面有一個小山丘，大概二十多米高。

「博士，根據我的測算，越過這個山丘後，就是諾裏山的中段，熊怪就在中段的一個山洞裏。」保羅走到南森身邊，說道。

「大家注意隱蔽，到了山丘上不要急着下去。」南森說着看看保羅，「老伙計，沒有探測到魔怪反應嗎？」

「牠現在還在我的預警系統有效探測範圍外，不過到達山丘那裏就進入我的探測範圍了。」保羅說。

　　「好，先把牠定位，然後具體看看怎麼對付牠。」南森點了點頭。

　　大家都點點頭，南森第一個向小山丘走去，他的步伐沉着、穩健，一會就到了小山丘的頂部。他小心地把頭探出去，前方，有一大段的諾裏山的山體，山體下方有一些巨大的石塊，隱約看見兩塊巨石間有個敞口的大山洞。

　　海倫他們也跟了過去，他們全都趴在小山丘的頂部，向前方張望着。

　　「博士，有魔怪反應了。」保羅的語氣有些興奮，「前方一點處，山體高一百米，距離地面十米有個洞，魔怪反應就是從那裏發射出來的。」

　　「好像有塊石頭擋着。」南森説，根據保羅的測定，他們能看到的那個大山洞並不是熊怪隱身的山洞。

　　「山洞沒有另一個出口，我測出來了⋯⋯牠在裏面，沒有任何動靜，似乎在睡覺。」保羅繼續説，「這樣最好，讓牠繼續睡。」

　　「我的幽靈雷達還沒捕捉到信號。」海倫有些焦急地看着手裏的幽靈雷達。

　　「沒關係，再靠近一百米就能捕捉到信號了。」南森

說着觀察了一下地形，「我們下山丘，然後去把山洞包圍起來，老伙計，接到我的射擊命令後向牠連射四枚導彈，林奇幫你裝上另外三枚，這裏地勢高，能見度好，你就在這裏等候新的命令。」

「是。」保羅和林奇一起說，林奇提着一個小盒子，裏面有三枚追妖導彈，海倫已經教過他怎麼裝彈了，添裝追妖導彈比較簡單。

「爆炸結束後，我們一起向山洞裏衝。」南森看着海倫他們，「如果沒有擊斃牠，我們一起用凝固氣流彈轟擊牠，如果牠想出來，用鋼鐵牆封住洞口，無論如何不能讓牠跑出來，這傢伙魔力太強，出了洞就不好控制了。」

幾個小助手都點點頭。南森隨即做了一個前進的手勢，他手裏拿着對講機，第一個向山丘下走去，幾個小助手連忙跟上。

他們一直下到山丘下，隨即向前面的山體走去，那山體就像是一堵牆一樣，攔在那裏。海倫和本傑明忽然興奮起來，他倆的幽靈雷達都搜索到了熊怪的信號，隨即，派恩也搜索到了信號。

熊怪隱身的山洞前幾十米的地方有個大石頭，他們繞

到石頭的側面前進，那山洞能看見了，山洞的洞口不大，大概只有一米多寬。裏面黑乎乎的，山洞上方十幾米就有白雪覆蓋了，由於剛才下了暴風雪，山洞周圍也覆蓋着一層薄薄的雪。

南森布置了包圍方位，他自己防守住山洞頂部，海倫在左本傑明在右，派恩守在山洞下。隨後，南森第一個向

前走去，他要率先到達山洞頂部。

「嗖——嗖——」，南森正向前走着，兩塊一米多高的石頭間的縫隙下，忽然飛出了兩個綠色的小球，小球上各有一對小翅膀，隨即兩個小球向山洞那邊急速飛去。

「不好，警報飛球——」南森説着向第一個小球射出一道閃電。

「啪——嘭——」，第一個綠色小球被閃電擊中，在空中震了一下，掉在地上，發生了一個小小的爆炸。

「嗖——」南森向另外一個小球射出一道閃電，那個小球靈活地閃躲了一下，閃電擦身劃過，沒有命中它。小球在空中翻個跟頭，似乎很得意地向山洞飛去報信。

「老伙計——發射導彈——」南森知道來不及了，再不發射導彈，得到信號的熊怪就從山洞裏衝出來了，他拿起對講機，語速飛快地説，而三個小助手都被眼前突發的這一幕嚇呆了。

保羅早就在那裏準備發射了，牠一直躬着身子，導彈發射架完全打開，四枚追妖導彈的彈頭對着山洞方向。他從對講系統裏接到了南森的命令，立即點火。

「嗖——」的一聲，第一枚追妖導彈向山洞方向飛了

過去，遇到那塊巨石，導彈轉向繞了一下，劃了一個弧線飛進了山洞。

山洞裏，正在休養的熊怪一直趴在那裏，昨天牠失血較多，身體也遭受到了重創，不過經過一夜的休息，恢復了不少。忽然，牠設置的警報飛球呼嘯着飛進了山洞，牠嚇得連忙站立起來，這時，一枚追妖導彈筆直地對着自己的胸口飛過來，熊怪已經有了準備，牠猛地一低頭，導彈擦着牠後背上的毛飛了過去，「噹——」的一聲就擊在洞壁上。

「轟——」的一聲巨響，追妖導彈爆炸了，熊怪的後背上中了幾枚彈片，整個身體被爆炸產生的衝擊波給推出了山洞。被推出山洞後，熊怪就地一滾，想站起來。

在山洞前幾十米的南森他們看到熊怪沒有被直接命中，而是被炸出山洞，都吃了一驚。不過這時保羅的另外三枚導彈排着隊飛了過來，每一枚都鎖定這熊怪。

熊怪爬起來後，感知到連續射來的三枚導彈，牠一張嘴，吐出三顆紅色的火球，三顆火球直直地對着三枚導彈飛去，試圖阻攔追妖導彈的攻擊。追妖導彈也是智慧型的，發現火球飛來，急速拉起，意圖躲過火球後再次轉向

熊怪，三個火球則立即跟上，山洞外出現了奇觀——三枚導彈急速拉起了一千多米，三顆火球貼身緊跟。

山洞外，不僅僅是南森他們，就連熊怪也抬着頭看着這一奇觀，忽然，第一枚火球急劇加速，猛地撞向跟隨的追妖導彈，「轟——」的一聲，追妖導彈被引爆，緊接着，另外兩顆火球也撞向追妖導彈，兩枚導彈在高空中被引爆。

「嗷——嗷——」山洞外，熊怪興奮而得意地大叫着，像是贏得了一場重大的比賽勝利，隨後，牠看見了南森他們，猛地上躥一步，撲了過去。

「轟——」的一聲，南森射過來一枚凝固氣流彈，熊怪被炸中，翻身倒地，牠剛剛爬起來，那邊已經完成再次裝彈的保羅又射過來一枚導彈，熊怪這下嚇壞了，牠可顧不上去對付南森，迎面就射出一個紅色火球，追妖導彈連忙轉向，試圖迂迴攻擊熊怪，那枚火球立即貼身阻攔。不過這枚追妖導彈迂迴後，身後跟着飛來另一枚追妖導彈——第一枚就像是虛晃一槍一樣，起到了掩護第二枚的作用。熊怪這時再想射出火球阻攔，已經完全來不及了，牠只能做了一個最基本的躲避動作——抱着頭就地一滾。

　　「轟——」的一聲巨響，追妖導彈射在熊怪身邊半米的地方，熊怪當即被炸得飛了起來。

　　「好——」本傑明和派恩連聲叫好，並拼命鼓掌。

　　熊怪落在地上，想爬起來但是力不從心，海倫取出了綑妖繩，想衝過去。

　　「轟——」的一聲，又是一次猛烈的爆炸，第一枚追妖導彈被火球追撞，在山洞頂上三、四十米處貼着山體引爆了，爆炸聲一震，海倫手裏的綑妖繩差點脫手。

　　南森和海倫向不遠處的熊怪衝了過去，忽然，山頂上傳來「轟隆隆」的巨響，他們轉身一看，只見山頂上的白雪正在大面積坍塌，坍塌下來的雪塊翻滾着，就像是流沙下滑一樣撲了下來。

　　「雪崩——」南森意識到了什麼，大聲呼喊着，「大家快躲開——」

　　本傑明和派恩也知道發生了什麼，他們連忙向保羅那邊奔逃，四個人大步飛速地跑着，身後的雪塊滾滾向下，幾秒鐘就跟上了他們，一片白茫茫中，一陣轟鳴聲中，一切都淹沒在白色之中。

　　保羅和林奇距離山洞較遠，看到雪崩，他倆也嚇壞

了，他倆在小山丘上，衝下山的雪塊都衝到了山丘前了，他們眼看着南森他們被吞沒在白色之中。

一分多鐘後，大地恢復了平靜，熊怪藏身的山洞頂部上的積雪基本都塌了下來。保羅和林奇衝下了山丘，他們立即陷進雪裏，但是他們哪裏還顧得上這些，拼命向前走着。

「博士——博士——」保羅邊走邊喊。

「海倫——本傑明——」林奇也焦急地喊着。

「嗖——」的一聲，雪中飛出一個人，他筆直地飛高了十幾米，懸停在空中。

「天下第一超級無敵魔幻小神探在此。」派恩在半空中得意地説，「這點雪，蓋不住我的。」

「嗖——」的一聲，海倫也從雪中飛了出來。

「我在這——」本傑明從雪中探出一個頭來，隨後一躍一躍的，想從雪中走出來。

「博士——博士呢——」海倫他們都找到了，唯獨不見南森，保羅更加着急了，他大喊着。

「博士——博士——」海倫他們也大喊起來。

兩道藍光射進了雪中，保羅開啟了透視眼的功能，他

沿着南森剛才的行進軌跡找過去，忽然發現在雪層下兩米多的地方，有個身影在移動，他剛想呼喊，那個身影撐着雪站了起來，隨即兩隻手從雪中探了出來。

「我在這裏——」兩隻手往外撥着雪，一個聲音從雪層下傳來，那正是南森的聲音。

海倫和派恩立即飛過去，兩人一人拉着一隻手，把南森從雪裏拉了出來，他們把南森拉起來，飛出幾十米遠，把南森放到了沒有厚雪層的地方。

本傑明也在雪裏艱難地行進着，來到了南森身邊。

「博士，你還好吧？」海倫焦急地問。

「我沒事……」南森坐在地上，喘着氣，恢復着氣力，「剛才被一塊石頭絆倒了，然後就被雪推着撞到了一塊石頭上，頭有點痛，不過現在好了，被雪蓋住後我用憋氣法在底下呆了一會，沒事，休息一下就好了。」

「嚇死我了。」海倫長出一口氣，的確，南森的頭上有一大塊紅斑，還有些腫，海倫拿出一瓶急救水，遞給南森，「你來喝點急救水。」

「我也唸了憋氣口訣。」本傑明走過來説，「這種雪崩對我們這些魔法師來説威脅不算大。」

「剛才的導彈爆炸誘發了雪崩。」保羅在一邊說，「我看得清清楚楚，那枚掩護作用的導彈在岩壁上爆炸了，雪被震了下來⋯⋯博士，你教給我的兩枚連發，一枚掩護另一枚的辦法真好，否則這兩枚全要被牠躲過去了。」

「是呀⋯⋯一百多米高，雪積壓得不多。」南森淡淡地笑着，隨後，他看看山體，「要是再高一些，出來就沒這麼容易了。」

「啊呀——」本傑明像是想起了什麼，他握了握拳頭，「我去看看熊怪，牠好像被炸中了，也被雪給埋了。」

「我和你一起去。」海倫和派恩一起說。

三人連忙從積雪淺的地方繞過雪崩區域，向熊怪剛才倒下的地方奔去，就要走到那裏，海倫站住了，本傑明和派恩跟着站住，他們都呆住了。

一個很大的雪坑中，有着點點血跡，隨後是一條長長的血帶，一直延伸到山洞南兩百多米的裸露山體區域，很明顯，熊怪被埋以後爬出了雪堆，並且逃走了。

「牠跑不遠的。」海倫看着那條血帶，「昨晚博士在

所有的追妖導彈上都塗抹了跟蹤劑，只要有一枚彈片命中牠，跟蹤劑就會留在牠身上，保羅就能找到牠。」

「牠被炸中了，確實跑不遠。」本傑明向血帶的那一邊望去，儘管看不到熊怪的身影，但是他還是很有信心地說。

「但願吧，可這次又給牠跑了。」派恩很是遺憾地說，「誰知道會碰上雪崩呀！」

「我們回去告訴博士，看看下一步怎麼辦。」海倫說着就向回走去。

第九章　跟蹤劑

他們回到了南森休息的地方，南森喝了急救水，已經站了起來，氣色比剛才好了很多，林奇在一邊扶着他。海倫他們報告説熊怪已經跑了，南森並不感到震驚，只是平靜地點點頭。

「料到了，料到了。」南森説着看看保羅，「老伙計，下一步看你的了，把牠的位置找出來，牠跑不遠的。」

「我用跟蹤雷達就能找到跟蹤劑。」保羅有些敬佩地説，「博士，一切都在你掌控中，牠身上一定有彈片……你們看好了……」

説着，保羅微微抬起後背，從他的後背上升起一塊電腦熒幕，電腦熒幕打開之後，出現了「稍候」的字樣。

「這是……」林奇小心地問身邊的海倫，他不知道保羅此時為何要升起一塊電腦熒幕。

「這是跟蹤雷達熒幕，保羅的跟蹤系統能搜索到兩百公里範圍內所有沾染跟蹤劑的物體，追妖導彈昨天全都塗

抹了跟蹤劑，炸中熊怪的身體後，就算牠拔出彈片，傷口也沾染了跟蹤劑，這些跟蹤劑一樣會被雷達鎖定，熊怪也就被鎖定了，這種跟蹤劑在七十二小時內都有效。」海倫耐心地向林奇解釋道。

「噢，高科技呀！」林奇很是驚喜，他也怕熊怪跑了，忽然，他想起了什麼，「博士，剛才我看到了，你們接近山洞的時候，好像飛起來兩個小球，你擊中了一個，另一個飛走了，那是什麼呀？」

「熊怪預設的警報飛球，這是一種手段高超的魔怪才能使用的反偵察措施，一般被使用者埋設在巢穴附近，魔法師一接近就起飛報信。」南森解釋說，「最狡猾的是，熊怪設置了兩個，我擊中了一個，另一個去報信了，所以我緊急下令發射導彈，否則便來不及了……」

「博士，出來了，全都出來了。」海倫指着電腦熒幕，激動地叫起來。

保羅升起的電腦熒幕上，就在他們所在的區域，有着無數的綠色斑點，數都數不清了，這些就是追妖導彈爆炸後產生的碎片，碎片都有跟蹤劑，爆炸後四散，在熒幕上顯示為綠色的熒光點，熒光點一閃一閃的，在熒幕上非常清晰。

「老伙計，縮小地圖。」南森説道。

保羅答應一聲，開始縮小熒幕上的地圖，熒幕上大家所在區域的熒光點也急劇集中，呈現出一個很大的亮點，亮點周邊還有一些極小的亮點。保羅繼續縮小這地圖，忽然，距離那一大片亮點兩公里遠的諾裏山南端，出現了一個綠色亮點。

「就是這裏了。」南森看着熒幕，略有興奮，「老伙計，把諾裏山南端的亮點區域放大。」

保羅開始放大地圖，那些亮點也變得大了，亮點都集中在一個位置上，相距非常近，而且這些亮點略微地移動着。

「熊怪身上被追妖導彈炸中的傷口，都散發着跟蹤劑的亮光。」南森指着熒幕説，「這些亮點其實是在一個軀體上，就是熊怪的軀體，而且熊怪正在小範圍地移動。」

「經過檢測，應該在一個山洞裏，這個檢測的可能性超過95%。」保羅接過話，「這是我最新統計的結果。」

「牠沒有跑遠，牠也跑不遠了。」南森很是肯定地説，「鑽進山洞，一是躲避我們，另外也是去休養，最後炸中牠的追妖導彈不是直接命中，但也給牠造成了極大的損傷，我們可以量化一下，目前這個熊怪的戰鬥力大概只

有那天我們遭遇牠時的50%多。」

「那我們現在就把牠揪出來！」派恩揮着拳頭説。

「不行！」南森連忙擺擺手。

派恩和本傑明都愣住了，不知道南森有什麽打算。

「老伙計，鎖定熊怪，如果牠有逃走的動作，馬上通知我。」南森沒有急着説自己的計劃，而是先向保羅下了一個命令。

「放心吧。」保羅立即説。

「老伙計，你還剩下最後一枚追妖導彈吧？」南森又問。

「啊……」保羅張了張嘴，語氣沒有剛才那樣輕鬆了，「我只剩一枚了。」

「所以……」南森環視着小助手們，他的目光非常認真、堅定，「最後這樣一枚導彈一定要發揮作用，我們已經沒有浪費的資本了。對付這個魔怪，目前最有效的殺傷手段還是追妖導彈！而即使是喪失了一半戰鬥力的熊怪，拼起命來也是非常有威脅的。」

南森的話觸動了小助手們，連身邊的林奇也感到了事情的嚴重，剛才擊敗熊怪，隨即又發現熊怪蹤跡的欣喜

感覺全都消失了，的確，面對這樣一個魔法高超並且非常狡猾的熊怪，千萬不能掉以輕心，而且有效的打擊手段——追妖導彈，只有一枚了。

「接下來，我們先要探測到熊怪的具體位置，貿然進攻是不行的，誰知道牠還有什麼反偵察手段，就像剛才的警報飛球。」南森說着抬頭看了看天，又看了看手錶，「現在是下午一點，時間嘛，還來得及，一會我們來給他上演一齣好戲……」

「什麼好戲？」派恩連忙好奇地問。

「林奇先生是主演之一，一齣精彩大劇。」南森說着，嚴肅的表情變得輕鬆了一些，甚至還對派恩眨眨眼。

「我主演？」林奇叫了起來，「博士，我這輩子都沒演過

南森打算讓林奇出演什麼「大劇」？他抓捕熊怪的計劃是什麼？

戲呀，我演死人都不像……」

「我們先去探測一下熊怪的具體位置。」南森微笑着對林奇擺擺手，隨後看看保羅，「老伙計，帶路，距離牠一公里的時候一定要通知我。」

「牠就躲在兩公里外，很好找，現在牠一動不動了，估計睡着了。」保羅説着收起了電腦熒幕，向南走去，牠晃着尾巴，「不過要是沒有跟蹤劑顯示牠的位置，牠躲進山洞後還不太好找，關鍵是我們會以為牠遠走高飛了呢。」

「牠跑不動了。」本傑明説，「不過牠能睡着，膽子可真大呀，牠不知道我們一定就在附近嗎？還是覺得我們都被雪崩埋了？」

「牠沒那麼傻，一定有所防備才敢睡覺。」海倫分析道。

大家沿着諾裏山的山腳向南行進着，此時的天空太陽高掛，沒有了暴風雪，大地一片白茫茫的，一切都是那麼平靜，這可是南極冬日不多見的好天氣，置身於此，能讓人一時忘記這是在寒冷的極地。

保羅一直在前面引領着大家，沒一會，牠就轉身看了

看南森。

「距離牠還有一公里了。」南森說，「那個山洞在距離地面三米的山體上。」

「大家小心，不要發出聲響。」南森看看大家，「我們再走五、六百米，不能再靠近了。」

大家都點點頭，繼續前進，林奇很是緊張地把槍端了起來，一副隨時準備戰鬥的樣子，剛才他可是一直背着槍的。

「小心走火，等於給熊怪報信了。」本傑明連忙提醒林奇。

「不會的。」林奇說，「我有時候很謹慎的。」

「有時候？」本傑明說着搖了搖頭。

地面有冰層，他們走得很小心。他們又前進了五、六百米，不能再前進了，南森帶着大家躲在一塊巨大的山石後，他探出頭，向山洞那邊小心地張望着。

海倫用手裏的幽靈雷達向山體那邊探測着，她的熒幕上，已經出現了一個紅色的亮點，這是典型的魔怪反應信號。本傑明和派恩也搜索到熊怪了。

「在前方十一點方向的山洞裏，牠一動不動，正在

睡覺，山洞距離我們不到四百米。」保羅在一邊說，南森
其實已經看清楚了那個山洞的位置了，儘管距離有點遠，
但是南森利用魔法遠視眼，還是把那裏看得清清楚楚的，
山洞的洞口有一米多寬，橢圓形，周圍有一些雜石，「博
士，這個山洞比較深，而且有兩個轉彎，要是發射追妖導
彈，直接命中牠的難度還真的很大。」

「不能這樣蠻幹，這次我們一定要把握機會。」南森
說着指了指山洞，小聲地說，「大家看，這個山洞距離山
頂也就五十米，雪線在山洞上方二十米處，即是山頂只有
一些雪，所以在這裏交戰，被追妖導彈或凝固氣流彈的爆
炸引發雪崩的概率不大，即使有雪崩，威脅也不大。剛才
牠就是利用雪崩逃走的。」

「好，這點不利因素可以排除了。」海倫看着山頂上
的雪說。

「老伙計，這是一個單出入口的山洞吧？」南森問。

「對，只有我們看到的這個出入口。」

「好，不用擔心牠從另一端跑掉了。」南森說，「地
形算是初步勘查完畢，這次我們一定要來一次萬無一失的
攻擊。」

「魔法偵探，真是細緻呀！」林奇很是感慨地插話，其實他明白，剛才要不是突發雪崩，熊怪應該已經被抓獲了，「我算是親身感受到了。」

「還要你親身參與。」南森淡淡地微笑着，看着林奇。

「啊？」林奇一愣，不過他猛地想起了什麼，「你說我要當主角……」

「對，來演一場氣象大戲。」南森叫大家全都蹲在巨石後，比劃着說，「我們來的時候，不是遇到了白化天氣了嗎？我們來導演一場白化天氣！」

大家都吃了一驚，但是誰都沒說話，都耐心地聽南森往下講，他應該是來之前就已經有了一個計劃。

第十章　人工降雪

「這個計劃分成以下幾步。」南森開始了詳細的布置，「林奇和海倫馬上回去，叫考察站的人幫忙，把考察站周圍的積雪運上林奇的飛機，注意要蓬鬆些，不要雪塊。海倫跟着上飛機，你們馬上飛過來，我和你們用對講機保持聯繫，你們低空飛行，對講頻道調整成和我的一致，這樣我在地面也能指揮你們。」

「飛機上裝上積雪？」林奇不明白南森的意思，海倫也不明白。

「飛到山洞上空，聽我的指令……」南森繼續說，「海倫把積雪推下來，人手不夠就請考察站派人一起登機幫忙，讓積雪在山洞上飄盪……」

「啊——」海倫猛然醒悟過來，「博士，你是要人為地製造白化天氣嗎？」

「對，就是在熊怪藏身的山洞外這幾百平方米的區域實施人工降雪，製造白化天氣。」南森點點頭，他指了指

天空，「你們看，太陽正好，地面有些冰層，飄雪落下來的時候，冰層會把陽光的光線反射到飄雪層，飄雪再把陽光反射，洞口這裏的白化天氣就形成了。」

「然後我們就把牠引出來。」派恩非常驚歎南森大膽的想像力，他不禁提高聲音，但是看到大家都看着自己，連忙捂住了嘴。

「我們隨便向裏面射幾枚凝固氣流彈，牠一定會往外衝。」南森說，「衝出來後，牠就進入到了白化天氣裏，就算是魔法再高超，牠在這種特殊氣象情況下也是南北不分、一片茫然，牠的眼裏只有白色，逃無可逃！這時候，我們用唯一的追妖導彈攻擊牠，牠就算是提前預知，也無計可施了，導彈不會受白化天氣影響，而牠則迷失在白化天氣裏，我們一擊即中！」

「這個計劃……」本傑明聽完南森的詳細闡述，激動地握着拳頭，「簡直太完美了，一點出紕漏的地方都沒有，而且太出人意料了……」

「等到抓到熊怪你再誇獎，給你一天的時間誇獎。」南森拍拍本傑明，然後轉身看看林奇和海倫，「現在是一點半，你們去開雪地車回去，三點多天才黑，所以時間正

好夠，我們要在最後一抹陽光前完成這個計劃，最後一枚導彈，最後一抹陽光！」

「是，我們馬上回去。」林奇略微估算了一下時間，時間夠用，但是一點都不寬裕，「我裝上雪就飛過來。」

「往外推雪的時候一定要當心，找一根安全帶繫上。」南森叮嚀海倫説。

海倫點點頭，和林奇轉身走了，他們一路小跑向雪地車那邊跑去，一會就不見了蹤影。

「我們守在這裏，注意觀察熊怪的動作。」南森説着站起來，探出頭，又向前面的山洞看了看，他的目光堅定，表情平和，但是心裏卻醞釀着一場的確出人意料的大戰。

保羅走到石頭下，隨後趴了下來，追蹤劑已經幫助牠找到了熊怪，功能已經完成，現在保羅使用魔怪預警系統鎖定着熊怪。熊怪還是趴在那裏，一動不動，保羅根據系統探測到熊怪的身體輕微起伏，判定牠在睡覺。

「海倫他們什時候才來呀！」海倫才走了十多分鐘，派恩就望着遠處的天空，他在等待飛機的發動機聲音，那就説明林奇、海倫他們飛來了。

遠處的天空泛着灰白色，一點動靜都沒有，天上地下

都一片寂靜。

「別急呀，他們才走了十多分鐘，回去要花時間，往飛機上裝雪也要時間。」本傑明很不耐煩派恩的焦急，因為這種焦急時刻傳染着自己，他雖然這樣説，其實自己也很着急。

「能不急嗎？最後一枚導彈，最後一抹陽光。」派恩小聲説道，「這可是博士説的。」

「這個……」本傑明一挺胸，本來想反駁什麼，但是也説不出道理來，只好不説話了。

「快點來呀，快點來呀！」派恩還在那裏嘮叨着，「什麼時候來呀？」

「來了，小心──」保羅忽然站起來説。

「啊？」派恩連忙望着天空，「在哪裏？沒有飛機的聲音呀！」

「熊怪來了。」保羅走到南森身邊，牠又看看派恩，「看看你自己的幽靈雷達。」

保羅的預警系統反映，熊怪在山洞裏忽然站了起來，並開始向外走，或許牠覺得這裏距離剛才作戰的地方太近，不安全，或許牠想就此遠走高飛，無論如何，牠正走

出來。

「不能讓牠出來！」南森皺着眉頭，他猛地抬頭，「我去喊叫，你們呼應我，把牠嚇回洞裏去！老伙計，你在這裏準備着，攔不住牠只能攻擊了，我會用對講機通知你。」

南森說着向本傑明和派恩點點頭，走出了巨石，另一邊，熊怪晃晃悠悠地也快走到洞口了。

南森走出巨石後，連忙向熊怪藏身的山洞走去，邊走邊大喊。

「本傑明——我這裏沒有呀——你那邊怎麼樣——」

「我這邊也沒看到——」本傑明大聲回應着。

保羅的預警系統立即發現，熊怪走到洞口後就停下來，站在那裏，牠不僅聽到了喊聲，也一定看到了南森。

「本傑明——你這個笨蛋——發現什麼了嗎——」派恩早就心領神會，他也向着南森那邊走去，邊走邊喊。

「派恩——你才是笨蛋——你是笨蛋的平方——」本傑明向着相反的方向走去，「你發現什麼了嗎——」

「沒發現什麼——笨蛋——」派恩大聲地喊道。

巨石後，真正有真實意圖的只有保羅，牠緊張地站在

那裏，一動不動，後背的追妖導彈發射架已經完全打開，最後一枚追妖導彈對着山洞那邊，只要接到南森的指令，他就立即發射。

「我再去那邊找找——」南森喊叫着，向諾裏山的更南段走去。

山洞裏，熊怪扶着石壁，非常緊張，牠受了很重的傷，不想也不敢被發現，再出去對戰，牠自己完全沒有獲勝把握。牠的身體貼向石壁，洞外兩三百米處，南森正從那邊走過，牠其實在靠近山洞一百米的距離，設置了兩顆警報飛球。

眼看着南森走了過去，並且越走越遠，另外兩個小魔法師也走遠了，熊怪連忙逃回到山洞深處，外面就是在找自己的魔法師，牠絕對不敢出去了，牠想等到天完全黑了再行動，反正距離天黑也沒多長時間。

熊怪躲進山洞深處，又趴在了那裏。保羅的預警系統真真切切地探測到了這一切。

「博士。」保羅利用對講系統和南森聯繫，「牠在洞口站了一會，然後就回去了，你的招數又見效了。」

「我會繞遠一點距離才回來。」南森連忙說，「你通

知本傑明和派恩也可以回來了，讓他們繞點路，否則熊怪又跑到洞口觀察，可能會發現他們。」

十多分鐘後，南森和本傑明、派恩先後回到了巨石後。保羅看到南森，就告訴他熊怪乖乖地躲在山洞裏，一點都沒有出來的意思了。派恩最後一個回來，本傑明用冷眼看看他。

「笨蛋的平方，回來了？表演得不錯，是本色演出吧？」

「不如你演得好，我的本色是天下第一超級無敵魔幻小神探。」派恩毫不客氣地說。

「來了，又來了。」本傑明連忙捂住耳朵，「饒了我們吧……」

時間一分一分地過去，都快一個小時了，派恩感覺陽光變得越來越微弱了。其實太陽一直高掛，天空還是很亮的，只是他焦急的心理在起作用。

「別在我眼前晃。」本傑明坐在地上，看看走來走去的派恩，「看着心煩。」

「我更煩……」派恩站在了那裏，看着天，「怎麼還不來呀？博士，要不要問問？你的對講機應該能聯繫上他們，這裏到考察站很平坦，信號能傳過去。」

　　「林奇開飛機不是很穩，但是一個很負責任的人，海倫辦事更是細心，這也是我派她去的原因。」南森説道，「放心吧，一會就來了……」

　　南森的話音未落，就聽見遠處的天空中傳來一陣飛機的轟鳴聲，本傑明立即站了起來，向遠處的天空張望着。

　　飛機轟鳴聲越來越大，很快，可以看到林奇的飛機已經飛過來了。

　　「博士——博士——我是林奇——」林奇的聲音從南森的對講機裏傳來，「已經按照你的計劃完成了任務，現在站長和文森、海倫都在飛機上，請指示我們下一步的行動。」

　　「我是南森——歡迎你們——」南森的聲音略有激動，「保羅正在把熊怪山洞座標傳送到你飛機的雷達儀上，根據這個方位，在山洞上方一百米實施人工降雪，來回進行五次。」

　　「林奇明白——」林奇回答道，隨即，他駕駛的飛機就低空飛了過來。

　　南森他們的目光跟着那架飛機，眼看着飛機就飛到了山洞上空。飛機裏，整個一個客艙都是蓬鬆的白雪，機艙門已經打開了，風呼呼地吹向機艙，機艙裏的雪都被吹起

來了。文森和站長各綁着一根長長的安全帶，站在機艙門口左右，海倫站在機艙後，也綁着一跟安全帶。

「降雪——」駕駛艙裏，林奇根據雷達的定位，判斷飛到了熊怪藏身的山洞上空，連忙用對講系統發出指令。

站長和文森拼命地把雪往下面推，海倫也開始推那些雪，從南森這邊看，大塊大塊的雪從山洞上方的飛機上飄下，然後在空中散開，遮天鋪地的壓向山洞。

飛機在山洞上空區域，不過幾秒鐘，飛過去後，林奇把飛機拉了回來，又飛到山洞上空，還沒有飛到，海倫他們就開始向下降雪，大片大片的雪花又飄了下來。

忽然，飛機上下晃動起來，還很劇烈，海倫他們都被晃得站立不穩，但還是用力地向下降雪。

「噢，對不起，遇到氣流了。」林奇大聲喊道。

「你開飛機總是這樣。」海倫看着外面，「這麼低，哪有氣流？」

林奇努力地將飛機調整平穩，不過剛才他那麼一晃，降雪被潑灑得比較均勻，效果很好。

「博士，熊怪有反應了。」地面上，保羅忽然提醒望着天空的南森，「牠站起來了，應該是聽到飛機的聲音，

很是不安。」

「繼續觀察。」南森說，「估計一直聽到飛機的聲音，牠可能還會到洞口觀察一下。」

飛機又飛過了山洞，隨即再次轉了回來，又是漫天白雪飄落，有些飄雪居然飛了幾百米，都飄到南森他們隱藏的山石這邊了。

山洞中，熊怪一直聽到飛機在天空中轟鳴，有些坐不住了，牠悄悄地走到山洞口，向外張望着，牠不敢走出來，只是站在洞口，聽着天上的聲音，看着山洞口有白雪落下，牠沒有多想，南極的天氣，晴天起風，颳起積雪，再正常不過了。

保羅用魔怪預警系統觀察着熊怪的一舉一動，如果牠膽敢出洞，南森準備像剛才一樣出去，假裝尋找牠，把牠嚇回去。不過熊怪一直沒有出來。

天空中，飛機已經第四次飛到山洞上空了，人工降雪後的山洞區域，雪花在陽光的照射下泛着點點亮光，天空中的飄雪越來越多，山洞區域出現了一片白色奇觀，遠遠望去，像是有一個白色的霧團，籠罩住了那裏，很快，山洞的洞口就看不見了，一切都是白色。

　　「好了，白化天氣基本形成了。」南森很是滿意林奇他們的人工降雪效果，他看了看身邊的兩個小助手，「本傑明，派恩，我們準備過去了……」

　　林奇的飛機第五次飛抵山洞上空，海倫他們奮力向下推雪，整個機艙裏一片白色，座椅上，走道上全都是剩餘的白雪，林奇公司的老闆要是看到機艙變成這樣，一定心痛地大叫，不過此時也顧不上這些了，一切都是為了要儘快剷除那個作惡多端的魔怪。

　　「林奇，這次結束後你們在最近的平坦地帶降落，讓海倫馬上過來增援，你們就留在飛機裏。」南森手持對講機，下達了新的指令。

　　「林奇明白。」林奇説着駕駛飛機越過了山洞上空，他直接轉頭對着機艙大喊，「任務完成，我們馬上降落——」

　　經過五次潑灑雪花的山洞上空，已經是白茫茫一片了，白化天氣已經在那個很小的區域內形成，南森看時機已到，揮了揮手。

　　「老伙計，你在這裏等我指令——」南森此時的手中，也多了一個幽靈雷達，這是海倫的雷達，「本傑明，派恩，我們走——」

第十一章　最後一枚導彈

説着，南森從巨石後走了出去，他大步地向山洞跑去，本傑明和派恩連忙跟上了他，而在山洞那裏，熊怪一直躲在山洞口後兩米的地方，向外面張望着，可是外面一片白茫茫的，什麼都看不見，不過飛機的轟鳴聲終於不再響起，似乎飛走了，熊怪的心總算是安定了一些，牠後退了一步，想回到山洞深處去。

南森他們已經大步跑到了山洞前一百米的距離，前方已經是一片白茫茫了，他們知道，自己已經進入到白化天氣的邊緣了，再向前，就會完全進入到白化天氣中，自己也會迷失一切。

「嗖——嗖——」兩枚警報飛球發現魔法師靠近，突然從石縫間起飛，「啪——啪——」兩聲，本傑明和派恩各自射出一道閃電，擊落了警報飛球——這次他們早有準備。

「幹得漂亮。」南森誇讚道，他做了個停止前進的手

123

勢，叫兩個小助手停下。南森也看不見山洞的具體位置，但他有幽靈雷達，「我們就在這裏吧，你倆根據雷達的定位，向山洞裏發射凝固氣流彈，把牠炸出來！」

「是！」本傑明和派恩一起說。

本傑明他們看不到山洞，但是依靠雷達的指引，連續向山洞裏發射了五、六枚凝固氣流彈，全部射進山洞裏，「轟——轟——」的爆炸聲響起。熊怪剛走進山洞不到十米，一枚凝固氣流彈就在牠身後爆炸，緊接着又飛來幾枚，熊怪連忙趴在地上，雙手護着頭。

「繼續炸——」南森看着雷達熒幕，指揮着。

「嗖——嗖——嗖——」，密集的凝固氣流彈排着隊飛向山洞，「轟——轟——轟——」，爆炸聲此起彼伏。

「嗷——」熊怪被炸得頭暈腦脹，更加的憤怒，牠當然明白魔法師發現這裏了，怒吼一聲，牠不想在這裏束手待斃，牠的吼聲響徹了整個極地山間。

熊怪用手撥打着凝固氣流彈，迎着爆炸的氣浪衝到了山洞外，巨大的慣性讓牠一下就衝出來十多米，一衝出來，牠就暈了——眼前的一切都是白色的，南北不分，牠甚至找不到回去的路了，牠當然知道這是白化天氣，以前

牠遇到過，每次都是靜靜地等候這種天氣消散，但是此時牠完全不知所措了，牠想跑，但是不知道往哪裏跑。

「嗨——」南森沒有急着對保羅發出指令，他想讓保羅的目標更加明確，南森通過雷達能發現熊怪跑出了山洞，他對着熊怪的方向大喊着，隨後射出一枚凝固氣流彈。

「嗖——轟——」凝固氣流彈射在熊怪身上，爆炸了。熊怪剛出山洞，正在茫然的時候，聽到了南森的喊聲，又被炸中，頓時氣急敗壞。

「嗷——」熊怪再次發出怒吼，隨即向南森這邊吐出一枚紅色的火球，南森早有準備，他一低頭，火球飛了過去，撞在山體上爆炸了。此時的熊怪處於戰鬥狀態，身上發出了火焰般的桔紅色，在一片白色中非常耀眼。南森他們甚至都能透過白化天氣看到一個火團般的熊怪外形了。

「老伙計，牠出來了，滿身火焰，你發射吧！」南森拿着對講機，下達了指令。

「明白。」保羅回答了一句，他話音剛落，發射架上最後那枚追妖導彈就「嗖」地飛射出去。

追妖導彈距離熊怪也就三百米，轉眼間就穿過了白

化天氣。熊怪方向不分，還在那裏不知所措，牠找不到攻擊對手，也回不去山洞，更加焦急，這時追妖導彈猛地飛來，牠看見導彈突然襲來，想躲避但是來不及了。

「轟——」的一聲，追妖導彈直接命中了熊怪的腰部，隨即爆炸。

「嗷——」熊怪一聲慘叫，身體被炸得飛出去十多米，重重地撞在了山壁上，隨後又狠狠地砸在地上。

「命中——」保羅通過預警系統探測到了一切，牠搖着尾巴，「我給自己打滿分——」

熊怪摔在地上後，一動不動的，牠的腰部被導彈炸開一個大洞，血水噴了一地，牠還有一點意識，想站起來但是根本無能為力，牠的一條腿已經被爆炸產生的衝擊力給震斷了。

白化天氣還在持續着，南森他們此時還是走不進去，但他們知道熊怪被導彈正面命中，倒在地上，起不來了。

「博士——博士——」海倫的聲音從遠處傳來，林奇在不遠處找了一塊平地降落，飛機還沒有停穩，海倫就跳下飛機跑了過來。

南森和本傑明一起回應着，海倫跑了過來，與此同

時，保羅也得意地、慢悠悠地跑了過來。南森通過對講機，告訴林奇他們不用擔心，熊怪已經被擊中倒下了。

「命中了，直接命中。」沒等海倫發問，派恩就搶着說，「那傢伙躺在裏面，估計已經被炸碎了。」

「那當然，也不看看是誰在發射導彈。」保羅滿臉的自豪。

人工降雪的力度畢竟有限，此時的白化天氣，已經開始漸漸消退了，南森他們的眼前，能見到一些景象了。

「我們用凝固氣流彈轟散雪花。」南森忽然想到一個加速結束白化天氣的想法。

幾個小助手聽到這個想法，立即向前面的白化天氣射出凝固氣流彈，果然，一番轟炸之後，白化天氣明顯減弱，能見度更好了，一百米外的山洞前，一個黑乎乎的影子趴在那裏，一動也不動的。

南森看到白化天氣消散，揮了揮手，他們一起進入了基本消除了的白化天氣中，他們要確認熊怪徹底失去了抵抗力，有機會南森還要盡可能地問一些問題。

他們來到熊怪身邊，熊怪躺在那裏，身體上和身體周圍都是血，牠閉着眼睛，似乎已經死了。海倫看到了那個

巨大的傷口，這絕對是致命的，當然，法力高超的魔怪不會因此立即死去，魔怪畢竟是魔怪，不同於人類。

本傑明上前踢了熊怪一腳，熊怪居然動了動身子，眼睛也似睜非睜的，本傑明下意識地後退了一步。魔怪沒有死去，牠還有意識。

海倫甩出綑妖繩，綑住了熊怪的雙臂，這其實是一個預防措施，根據自己的經驗，海倫知道，這隻魔怪活不了多久了。

「……呼……呼……」熊怪感覺到了南森他們的到來，忽然微微地睜開眼，牠的雙眼射出凶光，嘴裏卻加速呼吸，這種呼吸也是有氣無力的，牠咬着牙，「痛……痛……」

這居然是大家第一次聽到熊怪開口說話，南森認為機會來了，他掏出一瓶急救水，蹲下身子，把急救水倒了一些在熊怪的傷口上，這根本就不能救牠的命，但是能大大減緩熊怪的疼痛。

「明確地告訴你，你應該也知道，你將在一小時後死去，不過現在不痛了吧？」南森問道，「有一些問題，你只要能回答，我會再給你倒些急救水，你會毫無痛苦地死

去。」

「再給我倒一些⋯⋯」熊怪幾乎用哀求的語氣說，兇狠的眼光也收斂了很多，「有什麼問題，你快點問，快、快給我倒一些⋯⋯」

「好的。」南森點點頭，隨後又往熊怪傷口上倒了些急救水。

熊怪瞇起眼睛，長出了一口氣，隨後看着南森手裏的急救水。很明顯，急救水大大減輕了牠的痛苦，牠的情緒平穩了下來。

「第一個問題，你看上去是一隻北美黑熊，怎麼到南極的？而且我們已經知道，你一年多前曾經在新西蘭殺過人，被魔法師追殺。」南森開始了提問。

「我在美國的緬因州長大。」熊怪非常配合，牠的眼睛一直盯着南森手裏的急救水，唯恐南森把水收走似的，「我在波士頓港爬上一艘遠洋郵輪，我上了郵輪後躲在無人查看的集裝箱區，最後郵輪到了新西蘭，到岸前我跳下郵輪游到了岸上。」

「這麼說你在美國的時候就從一隻黑熊變成一個魔怪了？你是怎麼變成魔怪的？」

「很小的時候，我住在森林裏，有個巫師把我偷走了，然後訓練我，用魔藥和人血培養我的魔性，他的目的就是把我變成一個被他控制的攻擊武器，我就這樣變成了一個熊怪。」

「那為什麼離開美國？」

「巫師害人被發現，十多名魔法師追捕我們，巫師被抓，我跳上那艘郵輪逃跑了。」熊怪說着喘了口氣。

「資訊還是不完善，我沒有查到北美的魔法師追蹤這樣一隻熊怪。」南森指着熊怪，對幾個小助手說。

「我都沒和魔法師交手，那時我的法力有限，只顧着逃，巫師和魔法師交手了，魔法師連我有沒有法力都不知道，可能以為我只是個寵物。」也許是為了得到急救水，熊怪倒是幫魔法師解釋起來。

「嗯，有道理。」南森點點頭，「那逃到新西蘭後呢？你不但魔法大漲，還殺人了？」

「在新西蘭我發現了三種北美沒有的魔藥配方，用這種配方煉製了魔藥吃下後，我的法力增強了不止十倍，特別善於火攻，可以說每招都用火攻。」熊怪回應說，「我覺得我很厲害了，也不怕魔法師了，就……殺人了，還吸

血，結果引來了好多魔法師追捕我……」

「先等一下……」南森擺擺手，「你使用火攻的時候，身體裏也冒火？」

「對，平常是正常狀態，攻擊他人時身體急劇升溫，手爪連同指尖都是高溫的，這增強了我的攻擊力，攻擊結束又恢復正常體溫。」

「明白了。」南森說，「那你是怎麼來到南極的？」

「新西蘭的魔法師打傷了我，我跳進海裏，游向大海深處，一艘船經過，我有了從北美乘船逃命的經驗，就爬上了那艘船，我耗費了大量的魔力，隱身藏在上面，沒想到那是一隻捕鯨船，把我帶到了南極。我想這裏沒有魔法師，就想先在這裏躲着，今後有機會再離開這裏，就這樣在南極躲藏下來了。」

「你的登陸點是這裏嗎？」

「不是，距離這裏很遠呢，我在南極吃海獅和海豹為生的，不久前是為了找這兩種動物才來到這裏的，看到諾裏山有不少山洞，就住在那邊了。」

「那你為什麼在這裏殺人了？殺了一個，還試圖殺另一個？」

「我沒想到這裏會有人呀！」熊怪似乎很是委屈，「後來看到考察站的房子，才知道這裏有人活動，本來我也不想的，我也怕魔法師追到這裏的，那天我經過考察站，和那個人相遇了，他用強光手電筒猛照我的眼睛，然後轉身就跑，我生氣了，唸魔法伸長手臂打他一下，然後他就死了……我見到了血，控制不住了……後來那個人是我專門想去殺的，我想吸他的血，這個我承認，他朝我開槍，你們趕來把他救了，我也沒殺成他……」

「你説見了血想吸血，可是被你殺害的人沒有失血過多呀？」南森不客氣地打斷了熊怪。

「那天非常冷，他倒地後我沒有馬上走過去……」熊怪的聲音變小了，「等我過去，就那麼一會……血都凍住了，沒法吸了，所以我準備殺害第二個考察站外出的人，馬上吸血。」

南森恍然大悟，麥倫並未失血過多，原來如此。

「那天我們交手後，你知道魔法師來了，怎麼沒有遠走高飛？」海倫想到一個問題。

「我知道你們有飛機的，這附近除了諾裏山這裏有幾座小山，上千公里範圍都是平地，我要是逃跑，你們從

飛機上能看到我，平地上也能追上我，而且我也受了傷，行動不便，不如躲進山洞裏，反正洞外我都會安裝警報飛球。」熊怪看了看海倫，「這招是那巫師教給我的。」

熊怪説完，又露出痛苦的表情，身體還抽了抽，南森給牠的傷口倒了一些急救水，牠很快就平靜下來。

「最後一個問題，你叫什麼？」南森忽然問。

「這個……我可以不回答嗎？」熊怪搖了搖頭，「這不重要了，不重要了……」

南森站了起來，再過半小時，熊怪就會這樣平靜地死去，至於牠叫什麼，的確不重要了。

林奇、阿爾伯特站長以及文森都走了過來，他們都看到了倒地的熊怪，都沒怎麼説話。平靜的山間，這些人就這樣站着，一直等到熊怪死去。

南極大地，平靜了，一切都結束了。陽光在這極夜季節中，果斷地在下午三點多就偃旗息鼓，天一下就暗了下來，與此同時，不知哪裏颳來了一陣風，而且越颳越大，風中還夾雜着一些碎冰。雖然天氣暗了，還起了大風，但是一切卻都安全了。

尾聲

「⋯⋯大家聽好了，獲得和西城女孩共進晚餐的觀眾的票號是——C區1215號。」舞台上一名主持人，手裏拿着一個抽獎信封，大聲地說。

「轟——」的一聲，全場上萬名的觀眾一片歡呼，祝賀這名歌迷。

「哇——是你——本傑明——」派恩大叫着，他伸手去搶本傑明手裏的票，「我是1216號，你是1215號，本傑明，我們現在換票好嗎？我這個位置聽演唱會有點不清楚⋯⋯」

「你不覺得現在晚了一點嗎？」本傑明把票死死地握在手裏，「我才是能和西城女孩共進晚餐的歌迷！」

「那不管啦，我要和你一起去，我要和西城女孩合影，還要簽名⋯⋯」

「你的臉皮比城牆拐彎處還要厚，人家請的是我⋯⋯」

這是從南極回到倫敦的第十天，魔幻偵探所的全體成員都需要放鬆一下，本傑明和派恩參加了著名歌星西城女孩珍妮絲的倫敦演唱會，本來海倫也要來的，但是她表妹一家要離開英國去加拿大定居，她要去送行，所以來不了。

幸運的本傑明被抽中在演唱會後和西城女孩共進晚餐，他拿着票去了後台，西城女孩珍妮絲就在那裏等他，可派恩緊緊地跟着本傑明，怎麼也甩不掉。

來到後台，兩個工作人員站在門口，本傑明說明來意，工作人員熱情地祝賀他，並準備帶着他去見珍妮絲。

「你？幹什麼？我們只抽中了一個歌迷。」一個工作人員看着派恩，不準備讓他進入後台。

「我們是連體的，一起長大，永不分離。」派恩死死地抱着本傑明，「你沒有看出來嗎？」

「啊？」兩個工作人員都大吃一驚。

本傑明扭着身子，但是派恩就是不鬆手，的確，他是珍妮絲的忠實歌迷，他是不會放過這個和偶像見面的機會的。

派恩就是要進去，工作人員實在沒辦法，還好不是跟

來一大批人，而珍妮絲是個非常大度的人，也不會在乎共進晚餐時多一個人，最後，派恩獲准進去。他激動得差點暈過去。

他們終於見到了珍妮絲，珍妮絲的經紀人也在，珍妮絲只有二十多歲，不過已經是歌壇小天后了，她看到本傑明後，居然先愣住了。

「你、你好像也是個名人呢，我在電視上看到過你，你好像會抓那些魔怪，不過請原諒，我太忙，看電視不多，你叫……你叫……」珍妮絲努力想着本傑明的名字，「噢，我知道你的老師叫南森……」

「謝謝你知道我，我太高興了。」本傑明激動地說。

「我們是魔幻偵探所的成員呀！」派恩搶着說，「珍妮絲小姐，你可是我的偶像呀，現在我來介紹一下我倆，我叫派恩，我是天下第一超級無敵魔幻小神探……」

「那他叫什麼？」珍妮絲指着本傑明問。

「他是我派恩的搭檔。」派恩連忙說，他指着自己，「派恩的搭檔……」

「我是沒有名字對嗎？」本傑明生氣地看着派恩，隨即轉向珍妮絲，「我叫本傑明……」

「噢，本傑明，我記起來了。」珍妮絲立即喊了起來，「本傑明，很高興認識你！」

說着，珍妮絲突然咳嗽了兩聲，手還錘了錘心口。

「噢，珍妮絲小姐，你怎麼了？」本傑明連忙關切地問。

「我今天狀態其實不是很好……」珍妮絲解釋起來。

「因為我們的樂隊今天下午才搭乘一架商務飛機來到這裏，可那個駕駛員把飛機開得像是拖拉機，顛簸了好幾次。」珍妮絲的經紀人在一邊搭話，「珍妮絲小姐差點吐了，那飛機真的開得像拖拉機一樣……」

「噢，是這樣。」本傑明很是遺憾地說，這時，他的手機突然響了，他拿起手機，看看珍妮絲，「抱歉，我接個電話。」

「請便。」珍妮絲笑了笑，去和派恩說話了。

「喂——本傑明——知道我是誰嗎——哈哈哈哈……」電話那邊，一個熟悉的聲音傳來，「我是林奇呀，我就在倫敦呀！老闆聽說我幫助你們抓魔怪，獎賞我飛一些熱門航線了。知道嗎？今天下午我把誰送到倫敦了？你一定猜不到的，大名人呀……」

「是西城女孩珍妮絲嗎？」本傑明小聲説。

「哇，你怎麼知道？」林奇很是驚奇地喊起來，「她來倫敦開演唱會的，她下了飛機還説我駕駛技術高超呢，我也覺得是……」

「是，你高超……」

「明天我就去偵探所拜訪你們，我已經給南森博士打過電話了，我們明天見噢……」

「明天見，明天見。」本傑明笑着説。

　　麥克警長，蘇格蘭場（倫敦警察廳）高級督察，南森和警方的聯絡人，也是一名大偵探，屢破奇案。當然，他所偵辦的都是人類世界中的案件。一起來看看他偵辦過的案件，運用你的推理能力，想一想他是如何破案的呢？

美術館竊案

　　倫敦市立美術館正舉辦繪畫大師莫內的作品展。這天，麥克警長早早地來參觀，這個展覽一共有四個展室。

　　麥克本來看完展覽要離開，忽然，第四展室警鈴聲大作，兩個美術館警衛向第四展室衝去，麥克連忙跟上。這個展覽唯一的出入口就在第一展室，如果有人盜竊第四展室的繪畫，只能從裏面走出來才能逃跑。兩個警衛來到第四展室，並沒有誰迎面向外走，第三展室有三個參觀者，他們的神情都有些緊張。

　　「全都好好的呀！」第四展室沒有參觀者，一個警衛開始檢查展室裏的繪畫，「全部都在，沒有盜割跡象。」

「是呀。」另一個警衛説，第四展廳還有一個展櫃展覽莫內用過的物品，他看着展櫃，「這個展櫃倒是容易被撬開，但裏面的東西也都在。」

麥克向兩個警衛出示了警官證，並也查看了展櫃裏的東西，展櫃裏有莫內的煙斗、帽子、眼鏡、鋼筆等用品。忽然，麥克轉身向外走去，他在出入口截住了剛才在第三展室的其中一個人。

「我偷這裏的畫了嗎？」那人説着摘下禮帽，很是生氣，他伸開手臂，「你們可以搜身！」

「你一張畫也沒拿，可你拿了也很值錢的東西……」麥克説。

麥克找到了那個男子拿走的東西，他徹底低下了頭。

請問，那個男子拿走了什麼東西？
麥克是怎麼判斷出來的？

魔幻偵探所 34

極地之吼

作　　者：關景峰
繪　　圖：陳焯嘉
策　　劃：甄艷慈
責任編輯：周詩韵
美術設計：李成宇
出　　版：新雅文化事業有限公司
　　　　　香港英皇道499號北角工業大廈18樓
　　　　　電話：（852）2138 7998
　　　　　傳真：（852）2597 4003
　　　　　網址：http://www.sunya.com.hk
　　　　　電郵：marketing@sunya.com.hk
發　　行：香港聯合書刊物流有限公司
　　　　　香港新界大埔汀麗路36號中華商務印刷大廈3字樓
　　　　　電話：（852）2150 2100　　傳真：（852）2407 3062
　　　　　電郵：info@suplogistics.com.hk
印　　刷：中華商務彩色印刷有限公司
　　　　　香港新界大埔汀麗路36號
版　　次：二〇一八一月初版

ISBN：978-962-08-6969-3
© 2018 Sun Ya Publications（HK）Ltd.
18/F, North Point Industrial Building, 499 King's Road, Hong Kong
Published and printed in Hong Kong